FRATERNITÉ

LUC
DAGOGNET

FRATERNITÉ

ÉDITIONS
DO

Les éditions do
reçoivent un soutien financier
de la région Nouvelle-Aquitaine pour leur programme éditorial

ISBN : 979-10-95434-47-4

À ma précieuse Chloé
(et, dans une moindre mesure,
au chat qui la suit partout).

He's a chocobo, not a monster.
Un mage noir, dans Final Fantasy IX

- 1 -

Il n'a jamais été question, dans mon esprit, de *casser* la fenêtre. J'ai attendu minuit, puis minuit trente, une heure du matin, repoussant avec générosité mon seuil de tolérance, jusqu'au moment où ma patience a suggéré qu'il était temps d'agir. Avec mesure, certes, mais d'agir néanmoins. Il m'a semblé, parce que les fenêtres de l'appartement en face étaient fermées, qu'il fallait me faire entendre autrement que par la voix, et que des cliquetis contre les vitres devraient faire l'affaire. J'ai lancé une, deux, trois, dix, douze noisettes : une bonne moitié a atteint la fenêtre opposée. Réaction : zéro. Les mêmes invités avec leurs bières et leurs rires et leur indifférence absolue. Un type portait un t-shirt de Bruce Willis sur une moto, ce qui m'a d'abord paru génial ; puis j'ai fait un effort pour trouver ça grotesque, dans la mesure où il contribuait au dérangement. J'ai envisagé d'éteindre et rallumer la lumière du salon jusqu'à ce qu'ils me remarquent, mais j'ai craint le ridicule. Je m'impatientais en voyant fondre le compteur d'heures à dormir ; la fête n'allait pas en s'essoufflant, et le monstre qui pilotait la musique plongeait à chaque morceau plus loin dans l'horreur. Je secouai l'aluminium du paquet de noisettes vide comme s'il pouvait éloigner le bruit.

J'ai traversé le séjour plusieurs fois avec le sachet à la main, en fredonnant un air inconnu, bouche fermée, pour me calmer. Pas réussi. J'ai rabattu la porte de ma chambre, où le vitrage était moins épais, pour voir si la salle à manger serait plus calme, et finalement pas du tout. Par contre, une balle de tennis, que j'avais oubliée, a roulé jusqu'au tapis. Je l'avais achetée pour Jean-Paul (mon chat) qui n'en avait jamais rien eu à faire. Dans ma tête, une association est née entre deux points que j'aurais aimé ne jamais relier. J'ai à nouveau ouvert la fenêtre de la cuisine, hésité un instant, puis j'ai jeté la balle vers l'appartement de l'autre côté de la rue. Pour le coup, quand le coin inférieur droit de la fenêtre a été troué, danseurs et buveurs sont sortis de leur délire. Terminée, l'abominable disco en pleine nuit. Terminées, les pétarades de Bruce Willis. Ils ont tous commencé à chercher d'où venait le projectile, en commençant par le trottoir. J'ai couru vers l'interrupteur et me suis baissé. Voilà où j'en suis. Assis en tailleur sur le carrelage de la cuisine, dans le noir. Terminée, la descente aux enfers musicale.

L'idéal, ce serait que l'incident casse l'ambiance de la soirée, qu'on soit obligé de conclure parce que tu sais, demain y a école, hein, héhéhé, bon c'était très sympa mais je vais filer, etc. – mais qu'on oublie assez vite, brumes de l'alcool aidant, les éclats de verre dans le salon. Oui, il faudra faire venir un vitrier demain, oui, il va falloir vivre avec un coin de carton sur la fenêtre, mais c'est la vie, sûrement un type qui passait en bas, un sans-abri, un marginal, agacé par la fête qu'on menait ici, bon. Côté ambiance, c'est cuit, je peux l'entendre d'ici. Plus de musique, juste une rumeur d'assiettes qu'on débarrasse, et la porte qui fait des allers-retours sur ses gonds en disant au revoir. Est-ce qu'un détective obstiné essaie de faire la lumière sur l'attentat de la balle de tennis ? Impossible à dire sans me relever. Inspiré, je vais à quatre pattes jusqu'au salon et je passe un bout d'œil par un angle de la fenêtre : un type fixe ma cuisine. Dans sa main, la balle de tennis. S'il hésite à la renvoyer, qu'il y aille : c'est la seule pièce où j'ai du double vitrage. Qui aurait cru que la vitre de son salon ne supporterait pas une balle de tennis ? C'est quand même relativement mou, surtout si elle se dégonfle pendant des mois derrière une porte. Jean-Paul se colle à moi en faisant son bruit de pneu crevé ; tais-toi, lui dis-je. Je repasse le sourcil vers l'autre côté de la rue : le gars me regarde fixement. Merde.

- 2 -

J'habite dans le 11e arrondissement de Paris, une rue étroite entre les stations Oberkampf et Parmentier. J'ai emménagé ici il y a trois ans, après plusieurs années dans un appartement-grotte de la rue Duperré, près de Pigalle. J'ai le souvenir d'une nuit perpétuelle, et du hublot de la cuisine où je fumais, avant d'être interdit de cigarette à l'intérieur ; je descendais sur le trottoir, ou bien j'allais me promener dans les dernières tiédeurs de ce qui avait été un *quartier chaud.* J'ai recueilli Jean-Paul en 2008 : un chat minuscule, pelage écaille-de-tortue, dont les principales caractéristiques sont un nez bouché et une tendresse à toute épreuve. La première fois qu'il est entré chez moi, quand nous sortions du refuge, j'ai allumé la télé : on y commentait la visite de Jean-Paul II à Lourdes. Il m'a semblé que Jean-Paul serait un bon prénom pour cet animal, alors que c'est une femelle et que je me tiens aussi éloigné de la religion que les dimensions du monde le permettent. J'ai quitté le 9ᵉ arrondissement à cause d'une voisine : j'avais le choix entre le déménagement et la une d'un magazine de faits divers. Au-dessus de chez moi, une vieille dingue passait l'aspirateur trois ou quatre fois par jour, sans occasion particulière. Certains, lorsqu'ils s'ennuient, grignotent ou sortent une grille de mots fléchés ; elle, elle passait l'aspirateur sur l'intégralité de son parquet. Les premiers mois, j'avais peu fait attention au bruit. J'étais occupé à faire la fête, et je la faisais avec vigueur et rigueur, toute la semaine. Le reste du temps, je traînais des pattes au travail. Je passais peu de temps à la maison. Quand une entorse m'a immobilisé, j'ai rencontré de plein fouet la manie de la dingue. Je suis monté placer un petit mot sous le paillasson, puis un autre. Aucune réponse. Un jour, à force de hurler vers mon plafond, j'ai grimpé à l'étage et j'ai sonné. Une dame très âgée m'a ouvert la porte, effarée de me trouver là. Je fumais du nez. Elle m'a juré qu'elle passait rarement l'aspirateur, et qu'elle ferait encore plus attention au bruit qu'elle pouvait faire en déplaçant les meubles. Ensuite, dans son entrée poussiéreuse, encombrée de bottins, elle m'a donné (gratuitement) une leçon sur la porosité sonore de nos planchers et plafonds, l'une des spécificités du bâti ancien, un problème auquel on ne peut rien, un sacrifice auquel il faut consentir quand on choisit de se loger dans de la vieille pierre, et tout ce temps elle gardait les yeux rivés sur moi, des billes bleu pâle, larmoyantes, non par tristesse mais à cause de mécanismes plus proches de l'incontinence ou de la transpiration, des billes gorgées d'une détresse animale, drapées sous des paupières en accordéon.

Pendant un an encore, mes mâchoires se sont contractées dès que j'entendais le raclement de l'aspirateur sur le sol, entre trois et quatre fois par jour. Mille fois, j'ai essayé d'imaginer à quoi d'autre ce bruit pouvait correspondre, et mille fois sur mille je suis arrivé à la conclusion que la vieille timbrée du dessus se fichait de moi, et frottait la bouche de sa machine d'enfer contre les lattes du parquet en riant sataniquement, et mes mâchoires se sont mordues plus fort encore. Au Nouvel An, imaginant que la soumission et la paix étaient les seules issues, j'ai déposé sur le paillasson une carte de vœux choisie dans une papeterie de la rue de la Rochefoucauld, un peu plus bas. J'y ai écrit un petit mot, ai souhaité aux époux (la vieille était mariée) une année de douceur et une santé de fer, avant de les prier, presque en passant, de bien faire attention à tout ce qui se passait sur leur parquet, qui était aussi mon plafond. Mais tout ça avec le sourire, dans une atmosphère de joie couronnée par les étoiles colorées de la carte. Croyez-vous qu'ils m'aient répondu ? Pas une ligne. À moins qu'il ait fallu déchiffrer un code dans les passages d'aspirateur.

Je me suis vu devenir fou, braillant vers le plafond, y lançant des coups de balai. Quand je rentrais tard – lorsque j'habitais seul – je tournais l'enceinte de la sono vers le plafond et leur envoyais des morceaux barbares à plein volume. Bien plus tard, j'ai réalisé que mes voisins étaient peut-être sourds, et que je n'emmerdais que moi et les ouïes fines de l'immeuble. N'empêche, je leur balançais du *Suicide Silence,* du *Amen,* du *Benighted, Decapitated, Misery Index* ; si vous n'en connaissez aucun, les noms devraient vous renseigner sur le style. Plus d'une fois, ivre, j'ai erré devant leur porte en cherchant quoi faire pour leur pourrir la vie. Mais je me suis rendu compte qu'il n'y a rien à faire contre un voisin du dessus ; il a la main. S'il décide de faire des exercices de marche militaire sur son parquet toute la journée, il a le droit. On peut toujours prévenir telle association ou tel acousticien, on l'aura toujours dans l'os. Quand l'idée a commencé à germer de laisser traîner des billes dans les escaliers, pour que les vieux tombent et meurent, j'ai su lire le signe que le destin m'envoyait : il était temps de partir, avant d'endeuiller une famille.

C'est comme ça, et parce que mon niveau de rémunération venait de me faire entrer dans la zone de tolérance des conseillers bancaires du quartier, que j'ai pu abandonner ma position et déménager dans une rue étroite du 11e arrondissement, au deuxième étage, sous les locaux d'un cabinet d'architectes dont on m'a garanti l'absolue tranquillité. J'y suis arrivé comme un renard : hésitant, les oreilles tendues, le museau alerte, à l'affût de chaque bruit ou craquement. Un appartement plus grand, parfois touché par la grâce d'un rayon de lumière, dont les trois pièces principales donnent côté rue. Cette exposition au monde m'a d'abord rebuté. Je m'étais imaginé dans un bunker sous les toits, en troisième corps de bâtiment, léchant mes plaies. Puis on m'a convaincu, visite du terrain à l'appui, que la ruelle où j'habiterais était trop fine pour les véhicules d'importance, et d'intérêt limité pour les passants. Sa seule fonction est de lier la rue Neuve-Popincourt à celle de la Folie-Méricourt, rôle que la rue Oberkampf, parallèle immédiate, remplit avec popularité depuis des dizaines d'années. Le seul pas-de-porte qu'on puisse lui reprocher, c'est une vitre opaque, probablement un dépôt ou le cul d'une boutique traversante. J'ai signé, autorisant la banque à me traire pendant vingt-cinq ans, et à s'indigner si, un mois ou l'autre, je donnais trop peu de lait.

J'ai été nerveux longtemps. Un ivrogne passait dans la rue en chantant, je sentais tous mes poils se hérisser, façon poisson-globe, et je me mettais à maudire l'agent immobilier qui avait prétendu compatir avec mes petits traumatismes. À chaque nouvelle occurrence (ronronnement de la machine à laver des voisins, cris d'un bébé dans la cage d'escalier), je souhaitais à tout le quartier des siècles d'enfer et d'équarrissage. Puis, les mois allant, j'ai compris que ces cliquetis de la vie étaient indissociables de la ville. Et rien n'était pire, dans mon imagination, que de demeurer à la campagne, au milieu d'un champ normand plat et trempé de pluie (c'est ainsi que je me figurais la campagne). Pire encore que le souvenir des passages incessants de l'aspirateur : la terreur du vide. Je baignais dans ce paradoxe (épouvanté par le bruit autant que par le silence), ignorant toute la lente gradation qui s'étend du champ poisseux à la frénésie parisienne, ville moyenne, banlieue paisible, etc. Mais c'est en convoquant la possibilité d'une maison retirée, aux colombages luisant d'eau, que j'ai pu faire la paix avec un voisin du quatrième, pour qui fermer une porte et la claquer semblaient synonymes.

- 3 -

J'ai pris goût au quartier. Sur la place, un peu plus haut, une excellente boulangerie propose des pains compliqués mais délicieux. Un restaurant indien et un bar fantaisiste lui tiennent compagnie. Tout autour, rue de la Folie-Méricourt, rue Oberkampf, une concentration inégalée de bars à vin, traiteurs en tous genres (asiatique, grec, italien), débits de sushis, usines à croissants, fours à poulets et étals de fruits exotiques. Je me félicitais de résider si près de l'agitation, sans en ressentir, dès que je tournais dans ma rue, la moindre vibration. Victoire, disais-je à Jean-Paul, quand il rentrait d'une promenade dans notre cour minuscule, où il semblait néanmoins trouver l'espace pour faire ses besoins. Comme tous les chats, la structure quotidienne de Jean-Paul obéit à une logique inverse de celle du travail humain : il se ménage de courts moments d'activité parmi d'immenses pauses. Je n'ai jamais su dire s'il était la démonstration confondante de ce que l'espèce humaine fait mal, ou si au contraire il fait la preuve du manque d'ambition des félidés. J'ai tâché de lui en parler, mais en dehors de la nourriture et d'un siège tiède, Jean-Paul ne s'intéresse à rien. Ce qui ne permet pas de trancher entre les deux possibilités (manque d'ambition ou réussite absolue). Nous avons un point commun : à chaque bruit imprévu, nous levons la tête avec un air effrayé.

La vie de quartier, lorsque j'habitais vers la place Pigalle, me semblait être une invention de film. Nous étions une colonie de fourmis ou de pucerons, capables, au mieux, de se croiser dans l'indifférence. Désormais, je saluais le boucher en passant devant son étal, et il me rendait mon sourire. Il portait les cheveux blancs, des yeux blancs, et me vendait avec le même enthousiasme et le même accent du Sud-Ouest les poulets les plus charnus et les plus frêles, les plus grillés et ceux qui attendaient un maître depuis des heures. À force de fréquenter la charcuterie, la fromagerie, le primeur, je suis devenu un client fidèle, ce qui dans le langage commerçant se rapproche le plus d'un ami. Mes courses se concluaient chez Ali, le gérant du petit Carrefour, sur le boulevard Voltaire – comme on termine par la douceur d'un dessert. Chaque fois que je sortais du supermarché, il avait pour moi un mot qui me semblait tendre et incongru, comme Portez-vous bien ou Faites attention à vous ou Revenez bientôt. Je ne savais jamais comment répondre (Vous aussi) mais j'adorais sentir ce courant de chaleur dans mon dos quand je quittais son établissement avec mon sac de yaourts, de jambon blanc, de guacamole, de saucisses. Je me sentais bien dans ce nouvel environnement. Si on ajoute à cela le silence religieux du cabinet d'architectes, au-dessus de chez moi, on peut sentir comme le paradis avait décidé de frapper à ma porte, après des années à subir un frottement électroménager sur le haut du crâne. Vieille folle, je marmonnais parfois tout seul chez moi, en repensant à feue ma voisine.

Depuis plusieurs années, je travaille pour une agence de communication située dans le 10e arrondissement de Paris.

J'appartiens au département des études ; nous tâchons de comprendre, entretiens et statistiques à l'appui, ce qui fait frétiller le consommateur. Quelques mots de notre lexique : quantitatif (étude statistique menée sur un large groupe d'individus, dont les résultats décomposent la population en fractions), qualitatif (résultats d'entretiens individuels ou collectifs, où l'on fait détailler à un faible nombre de participants leurs ressentis par rapport à un produit, une marque, ou une campagne de communication), stimuli (notre coup de marteau sur le tendon rotulien de votre opinion – la projection d'un film publicitaire, par exemple), synthèse, recommandations, sources, profil démographique, CSP, etc. C'est un métier passionnant et affligeant. L'intérêt réside dans la mécanique, la rencontre, les solutions techniques et humaines à trouver pour faire émerger des constats pertinents. L'horreur tient dans ce qu'on fait de ces chiffres, qu'on manipule et tricote dans le sens attendu pour pouvoir n'en tenir aucun compte. La société qui m'emploie est une agence de publicité, et la prime va aux créateurs, aux idées amusantes, jamais à ce que l'opinion en retiendra. De toute manière, la société qui m'emploie sait mieux que la France ce que la France souhaite, parce qu'elle voit la majorité de la France comme un champ normand plat et trempé de pluie, où pousse ça et là une maison mi-pierre, mi-bois.

De cette situation particulière du département des études, très annexe, nous tirons un immense bénéfice : des bureaux situés dans une allée, derrière le bâtiment principal de l'agence. On a dû décider qu'on avait besoin de concentration, ou qu'on ne comprendrait pas bien les blagues qui circulent dans les couloirs. Tant mieux. Les locaux sont calmes et très propres. Chaque fois qu'une réunion oblige l'un de nous à rejoindre le vaisseau amiral pour une heure ou deux, il part avec nos regards inquiets dans le dos. Il faut des nerfs solides pour tolérer l'agitation créative des pondeurs de scripts professionnels, et la suffisance avec laquelle certains s'acquittent de leur tâche. On a plus d'humilité dans un studio de cinéma américain que chez nous. Et on jongle avec des idées qui peuvent paraître atterrantes à la première lecture, et le demeurent jusqu'à la première diffusion. Un directeur de création, missionné par une marque de café ou de chocolat, a insisté des mois pour tourner un film où il était question d'autruches mythiques, décorées comme des paons, portant des fèves à travers les montagnes d'un pays originel : la suite m'échappe, comme la campagne a échappé à tous les téléspectateurs exposés à cette daube. Ils nous avaient pourtant prévenus, quantitativement et qualitativement, de la catastrophe à venir. À part ces dérapages extrêmes, le quotidien est tissé d'idées moyennes et d'entreprises plus vigoureuses en communication qu'en action, ce dont je me satisfais. Si je m'étais mis à questionner la finalité profonde de mon travail, j'aurais abouti à des conclusions désagréables ; mais je ne sortais de mon lit et ne posais ma veste sur le dossier de mon siège à roulettes que pour m'assurer une rémunération correcte, bien inférieure aux autruchiers mais suffisante pour la banque.

- 4 -

Je suis coincé depuis trente minutes contre le mur du salon, assis dans le noir. Jean-Paul a décidé de s'asseoir sur mes genoux, il ronfle avec son léger bruit de pneu percé. Dans les films d'action, quand la maison du criminel est cernée par la police, on le voit dans la position exacte que je tiens à côté de la fenêtre, abrité des balles et prêt à riposter. À ceci près qu'il n'a pas de chat sur les genoux, et que mes mains tremblent, comme chaque fois que j'ai fait une bêtise et ne sais pas comment la réparer. Si je retourne la caméra de mon téléphone pour filmer derrière moi et tâcher d'apercevoir le voisin, l'écran brillera, je risque d'être repéré. Je regarde ma montre : je décide de sortir de ma cachette à deux heures. En théorie, il aura mis le sujet fenêtre en pause et finira de débarrasser la table. Ça fait deux fois qu'un dîner chez lui se transforme en soirée dansante, en l'espace d'un mois. La première fête m'avait surpris à mon retour d'un bar voisin, vers deux heures ; j'étais assez ivre pour ne pas y trouver un obstacle entre le sommeil et moi. J'ai eu une réaction épidermique à la seconde, parce que je crains les séries. Une fois, c'est un accident statistique. Deux fois, c'est un commencement. Laisser passer aujourd'hui, c'est laisser passer toutes les itérations suivantes. Il faut prendre le problème à la racine. Je regrette d'avoir brisé la vitre, je suis conscient d'avoir créé de l'inconfort chez mon voisin, et je me retrouve dans une situation délicate, paralysé dans mon salon. S'il faut payer pour les réparations, je paierai. S'il faut présenter des excuses, je les présenterai demain, quand le mélange de colère et d'angoisse aura coulé dans la bonde. Deux heures : je réveille Jean-Paul et me lève.

Il est là. Debout, à sa fenêtre. Je détourne le regard immédiatement. Il suit mes mouvements. J'ai honte. Je fais semblant de parler à mon chat. Avant d'entrer dans la chambre, je me tourne une dernière fois : il me fixe, sans autre expression que celle d'une profonde concentration. On pourrait croire qu'il est difficile de lire des pupilles depuis l'immeuble d'en face, dans une obscurité relative : pourtant, c'est très simple. On *sait* quand quelqu'un nous observe. On perçoit une brillance dans le fond des yeux qui ne luit que pour l'objet observé. À un centimètre près, si mon voisin s'intéressait à la serrure de ma porte ou au cadre de la fenêtre par laquelle j'apparais, je devinerais à sa silhouette et à sa position qu'il examine un détail de mon entourage immédiat ; mais je ne ressentirais pas cette peur ancienne de bête traquée qui accompagne la brillance du fond des yeux, celle qui signifie sans le moindre doute qu'une ligne droite part des pupilles ennemies et plonge dans les miennes. Je ferme la porte de la chambre et tire les rideaux d'un geste que j'espère naturel.

Qui patiente ainsi au bord de sa fenêtre pendant une heure ? Il faut être timbré. C'est un comportement de tueur de sang-froid. J'aurais voulu me moquer de son attitude mais elle m'inquiète. Tout ce que je souhaitais en arrivant ici, c'était la paix avec mes voisins. En trois ans, pas un conflit, ou alors des grognements mineurs. Et voilà que je me retrouve, en une soirée, à avoir lancé une balle de tennis dans la fenêtre d'un malade. Après trente minutes, incapable de sommeil, je tire minusculement un coin du rideau : le salon du fou est propre et vide. Sur la table, une coupelle de fruits (citrons, mandarines) ; au sommet trône la balle de tennis. Je passe une nuit infecte, parce que je réfléchis au mot d'excuses que je laisserai demain dans la boîte aux lettres du voisin, puis parce que Jean-Paul décide que mon visage sera son oreiller. Je m'éveille en sursaut, des poils plein le nez et la bouche. J'ai beau râler, il revient six, huit fois, si bien que nous devons trouver un équilibre : je lui offre mon cou, ma joue, ma tempe, et négocie une fente, entre son ventre et l'oreiller, pour inspirer et expirer un peu d'air. Ce n'est pas une position confortable.

Le lendemain matin, j'ai à peine rabattu la porte d'entrée derrière moi que le gardien de l'immeuble, Papa, surgit dans l'escalier et me demande si je suis au courant. De quoi, je lui demande, et l'affaire de la balle de tennis me revient en pleine tête. Des travaux, il répond. Ouf. Je dis que oui, absolument, que ça me rappelle quelque chose, on en a discuté pendant une heure à l'assemblée générale, j'ai eu le temps de m'endormir dans ma paume, de me réveiller et de passer aux toilettes dans les locaux du syndicat avant qu'on ait fini d'en discuter. Papa rit, et pose l'épaule contre le mur, dans cette position qui signifie qu'il s'apprête à entrer en conversation avec moi, majoritairement à voix basse, pour m'entretenir des potins locaux et de la santé de son chien, Bill, un être de petite taille, dense, dont la peau fait d'innombrables ourlets, si bien qu'on croirait un chien qu'on a précipité à toute allure dans un mur. Il a d'horribles manières mais c'est un animal adorable. Jean-Paul et lui ont envisagé pendant un temps d'entrer en guerre pour le contrôle de la cour intérieure ; finalement, les lois de la gravité l'ont emporté, mon chat contrôle les murets et les différents perchoirs, et Bill se contente du sol, qu'il ne peut pas quitter.

La porte de l'immeuble d'en face est fermée. Je file pour éviter une rencontre désagréable. Il est plus de dix heures ; l'agence de publicité tolère tous les rythmes de vie, et je me lève tard, depuis longtemps, car j'ai toujours trouvé plus d'intérêt au soir qu'au matin. Je profite d'une réunion posée en travers de la matinée pour rédiger un premier jet de lettre d'excuses à mon voisin. Le sujet du jour : une entreprise agroalimentaire qui distribue des morceaux de poulet en supermarché souhaite éliminer la concurrence avec une campagne publicitaire qui met l'accent sur sa production 100% française.

Je comprends qu'on déteste la publicité. Elle est envahissante, menteuse, souvent laide ou idiote. C'est ce qu'on en voit en permanence sur Internet, dans la rue, et dans les moindres interstices de notre quotidien : l'autre jour, même l'emballage de ma baguette de pain faisait la promotion d'un commerce voisin. Ce qu'on n'en voit pas, un auteur dépassé en a donné une image qui est restée collée au fond des cerveaux français, avec des yaourts, de la drogue, des créatifs géniaux et défoncés et leurs vassaux serviles. La réalité est moins exotique. On travaille souvent pour des entreprises moins innocentes que des fabricants de yaourts, les créatifs géniaux sont aussi rares que les génies dans la population française, et la came la plus demandée dans les couloirs de l'agence, c'est un sourire et une évaluation positive de son supérieur. Les gens bossent comme des dingues pour adoucir l'opinion des Français sur des marques en grande partie immondes, des massacreurs de poulets aux déverseurs de marées noires. Ajoutez à cela que les idées, maquettes, scripts, sont passés à la moulinette de millions de réunions pleines à craquer de créateurs frustrés et de directeurs sans équipe qui ne trouvent que ces interactions pour exercer leur minuscule pouvoir de nuisance, contre l'avis des consommateurs interrogés mais en s'appuyant sur celui de leur très représentatif fils, si bien qu'on se retrouve trente-neuf fois sur quarante avec une pollution sonore et visuelle, qui provoque dans l'opinion publique un effet similaire à celui d'une mouche qui se pose une seconde sur le visage : un désagrément vite oublié.

Je comprends qu'on déteste la publicité, et pourtant j'adore ses coups d'éclat. C'est en découvrant à la télé le fou tronçonneur d'Orangina Rouge et les créatures zozottantes de Kiss Cool que je me suis passionné pour cette discipline contestable. J'aime l'aplomb qu'il faut pour affirmer à des patrons glaciaux qu'il faut investir des millions de francs, puis d'euros, dans une blague. J'aime sentir que la commande initiale du client, en circulant à travers des cerveaux débridés, a pris la forme la plus inattendue. Ceci dit, pour le moment un directeur créatif rond et sympathique vient de proposer, pour l'entreprise agroalimentaire, qu'on fasse chanter *la Marseillaise* à des poulets modélisés en 3D. Silence et componction. Impossible de savoir si tout le monde se retient de rire. Moi, oui. Puis je vois des têtes osciller d'approbation et je comprends que ça sera bientôt à mon tour de raconter à des consommateurs effarés mais payés pour être là que des poulets vont chanter *la Marseillaise* dans leur télé, qu'en pensent-ils ? Qu'ils me le disent avec transparence. C'est ça, notre quotidien.

Cher voisin. Non, quelque chose m'empêche de me concentrer. Les bruits m'irritent aussi au bureau, surtout les bruits répétitifs. Comme le type en face de moi qui remue son café pendant cent ans. J'ai envie de lui hurler que le sucre a LARGEMENT fondu dans son café. C'EST BON. TOURNE LA PAGE. LE SUCRE A FONDU. Je le fixe pendant deux bonnes minutes ; son attention est happée par un détail du script, dont il semble digérer les contours et rebondissements (ouverture sur un poulailler reconstitué en 3D ; un premier poulet s'éveille et entonne l'hymne français, uniquement les notes, registre aigu, etc.) avec difficulté. Je fronce les sourcils en espérant que mon regard appuiera plus lourdement sur sa peau. Et non, il continue à suivre en touillant – un mot que j'estime être sorti tout droit des enfers. Cher voisin, disais-je.

J'écris une lettre poignante, dans laquelle je présente des excuses pour mon comportement, et évoque la vie de quartier, mon expérience précédente avec la folle du dessus, la porosité sonore dans le bâti ancien, à quel point j'ai de la peine pour sa soirée eau-de-boudinée. À mi-chemin, je me rends compte que je suis sincère, que toute la colère envers lui a disparu. J'ai envie de faire la paix, comme on la faisait dans la cour de récréation, de lui serrer la main et de, peut-être, poser les bases d'une amitié d'autant plus forte qu'il sera pratique de se retrouver. Exemple : si j'étais dans son salon, et non dans le mien, pendant cette fête, je n'aurais rien eu à lui reprocher. Peut-être que j'aurais dansé moi aussi. C'est illusoire, parce que je ne danse jamais. Je n'ai jamais dansé, et ne danserai jamais. Je conclue cette longue lettre, et profite de ma pause déjeuner pour déposer mon courrier dans la boîte du gardien en face de chez moi (à remettre à l'occupant de l'appartement du deuxième étage à gauche) après avoir attendu dix minutes qu'un habitant se décide à franchir la porte cochère, pour entrer derrière lui.

- 5 -

Je ne dirais pas que j'ai guetté ma boîte aux lettres avec une impatience adolescente, mais peu s'en faut : j'ai trop besoin de me sentir en paix chez moi, plus encore maintenant. Je n'ai pas osé vérifier par la fenêtre si mon voisin ouvrait mon courrier ou se dirigeait vers l'immeuble au pas de charge ou continuait à me fixer depuis son salon. En rentrant, j'ai déballé à Jean-Paul sa pâtée et changé l'eau de son bol, qu'il parvient toujours à salir avec des débris de la cour. Puis j'ai allumé la télé : pour la troisième fois, un fêlé armé d'une perceuse a failli forer l'oreille d'un usager (la RATP dit comme ça, un usager) du métro, sur les quais de la ligne 6. Les deux premières fois se sont soldées par un double échec : le détraqué n'a pas réussi à percer son trou, et la police est arrivée trop tard pour l'appréhender. Malgré le système de surveillance, personne n'a pour le moment réussi à identifier le criminel, moins encore à lui mettre la main au collet. La fréquentation des transports en commun a baissé d'un dixième depuis la première attaque, il y a un mois. Je suis assez soulagé de ne pas avoir à prendre le métro, et qu'aucun membre de ma famille n'ait à y descendre dans les semaines qui viennent. C'est la première fois qu'un « tueur en série », ou agresseur en série, ne réussit à tuer personne. Je me demande comment la police s'y prend pour travailler sur un cas pareil.

Est-ce qu'ils établissent un profil psychologique de cet individu ? Un profil de ses victimes favorites ? Est-ce qu'ils étudient ses déplacements dans les couloirs du métro, l'emplacement des stations ou le choix des lignes sur lesquelles il sévit ? Ses trois attaques ont eu lieu à la station Kléber (ligne 6, une femme de 51 ans), Pereire (ligne 3, une adolescente) et Avron (ligne 2, un homme de 71 ans). Il préfère les stations peu fréquentées, dont il peut s'échapper aisément. À chaque fois, dès que les cris ont attiré l'attention des autres passagers, il a filé par les escaliers, regagné la surface, et on a perdu sa trace. Les trois victimes sont indemnes ; seul l'homme de 71 ans a reçu une blessure légère à la tempe. Lors des interrogatoires, elles n'ont pas su décrire un seul trait de leur assaillant : elles ont aperçu un visage qu'on aurait dit fait de cire, dont la peau était lisse, dont les traits demeuraient immobiles au cœur de l'action. L'agresseur n'a pas prononcé un mot. Sur les plateaux de télévision, les théories n'ont pas tardé à se former. Pour certains, un ancien employé du réseau souterrain, aigri par un licenciement, qui connaît le plan des stations sur le bout des doigts. Pour d'autres, une prolongation logique de la série d'attentats de janvier, puis novembre 2015, même s'ils n'ont pas d'explication à l'absence de revendication de la part des organisations terroristes, ni à la franche différence quant aux méthodes utilisées.

Pour le moment, les chaînes d'information n'ont pas donné de surnom à « L'agresseur du métro parisien », contrairement à « L'ogre des Ardennes » (Michel Fourniret) ou « Le routard du crime » (Francis Heaulme). Pendant que le présentateur continue sa logorrhée, je fais une rapide recherche sur ces surnoms barbares et légendaires. À noter : un certain nombre de noms sont associés à des individus jamais retrouvés, comme « Le dépeceur de Mons » en Belgique. Je trouve désagréable de savoir qu'un certain dépeceur de Mons rôde toujours (ses crimes remontent à 1997, pas si loin). Je me laisse ensuite emporter par les flots d'Internet sur la piste de « L'ogre de Wysteria », Albert Fish. J'ai été intrigué par ce groupe de mots et j'en ai eu pour mon argent : un américain d'origine irlandaise, né à la fin du XIXe siècle, marqué dans son enfance par des sévices (auxquels il finit par trouver un véritable plaisir) dans un orphelinat et le spectacle d'autres enfants en train de mettre le feu à la queue d'un cheval ; initié aux principes du cannibalisme par son frère, qui lui racontait de fausses histoires de repas à base d'homme avant le coucher ; puis versé dans l'ondinisme, la coprophagie, la violence puis les viols sur des enfants, tout en devenant père de six garçons et filles ; fasciné par la dissection d'un pénis dans un musée de cire, Albert Fish se met aussi à l'automutilation, l'auto-castration, essaie de sectionner le pénis d'un déficient mental rencontré dans un train... Il n'est arrêté qu'après douze meurtres, dont celui de Grace Budd, douze ans, dans une maison abandonnée de Wysteria Cottage, d'où il tient son sobriquet. Je ferme la page et me frotte la paupière, quelque chose me gêne.

D'une main je chasse la mouche qui n'en est pas une. Un pointeur laser rouge se promène sur ma rétine. Pas besoin de chercher trop loin ; assis à la table de son salon, mon voisin dirige un rayon vers mon visage, avec une précision étonnante. Mes mains tremblent souvent ; j'imagine à quel point les siennes sont immobiles pour viser mon œil sans frémir. Je me lève et fais un signe d'incompréhension. Il ne réagit pas. Sans bouger de sa chaise, l'homme oriente à nouveau le pointeur vers mon visage. Je secoue la tête et hausse les sourcils pour marquer mon mépris. Face au conflit, j'adopte en règle générale différentes stratégies, sans parvenir à me fixer sur l'une ou l'autre. L'apaisement, l'incompréhension, la moquerie, l'agressivité : toutes se relaient en désordre. Il relâche son pouce, le point rouge cesse de me titiller. Il me contemple, immobile, et caresse la balle de tennis dans sa coupelle de fruits. Nos deux fenêtres sont fermées ; je fais mine d'être désolé, et mime la rédaction d'un courrier, pour savoir s'il a bien reçu ma lettre. Le voisin rallume son pointeur, en continuant à caresser la surface velue et jaune de la balle. Je me demande s'il a cillé. Je sens l'agacement bouillonner en moi, un agacement qui n'est que l'expression, je le sais, de la peur d'être envahi dans mon intimité, dans mon foyer, dans mon refuge le plus sacré, même si ce n'est que par un rayon rouge. Quel être humain communique de cette façon ? Je reconnais que j'y suis allé un peu fort avec ma balle, mais qui répliquerait comme ça ? En se procurant un pointeur laser pour harceler son voisin à distance ? Si cet homme est capable de ça, de quoi est-il capable dans les jours ou les semaines à venir ? Je suis déchiré entre l'envie de m'excuser, de m'humilier s'il le faut – et celle de le détruire. Je veux que cette dispute cesse. Je peux tolérer les agressions quotidiennes des trottoirs trop étroits, des réunions crispées, des gouttes de pluie dans le cou, des coups de klaxon, tout, pourvu qu'on me laisse en paix avec mon chat dès que j'ai passé le seuil de mon immeuble. Voilà, mes mains tremblent, de rage et d'angoisse, l'autre entraînant l'une. Fermer les volets, ce serait renoncer. Je renonce. Je signifie à mon voisin qu'il a gagné, l'applaudit, et rabat les volets du salon. Je m'inquiète un instant des fentes dans le métal, mais l'angle ne lui permettra pas de continuer à m'asticoter. Tout le temps de la manipulation, il reste assis et observe mes mouvements. Je quitte la chaîne d'informations (assez de psychopathes pour aujourd'hui) et me mets en quête d'un documentaire apaisant ; une chaîne du câble propose un reportage sur la quête d'eau désespérée des éléphants au Kenya. Quelle soirée.

Avant d'aller au lit, je me laisse couler le long du mur, dans la salle de bains. C'est la seule pièce à l'abri de la rue. Toutes les autres sont ouvertes à la vue des passants, et du voisin fou, par de larges fenêtres. C'est une caractéristique de l'appartement : chaque pièce est exposée au monde, comme si je vivais en vitrine. C'est très pénible de ne pas se sentir à l'abri chez soi. L'anxiété, la tristesse, la colère se disputent mon humeur. Je suis assis sur le carrelage, me brosse les dents sans conviction, tâchant de trouver des moyens tantôt sournois, tantôt pacifiques, de sortir de cette situation. Cependant... Tout ce qui me vient en tête peut lui venir en tête. M'infiltrer chez lui pour coller du chewing-gum dans sa serrure : il pourrait le faire chez moi. Le suivre jusqu'à son travail et causer une scène : idem. Et cætera. Si on souhaite se montrer malveillant envers quelqu'un, on peut le faire, jusqu'à gâcher sa vie, sans même enfreindre une loi ; en tout cas, sans jamais attirer l'attention de la police, encore moins les faire déplacer. Pendant de longues minutes, le manche de la brosse coincé contre une lèvre, je passe en revue une dizaine de scénarios. Dans la panique, je commande sur Internet des jumelles, pour pouvoir surveiller mon bourreau. Je me console de cet achat idiot en pensant que je pourrai aussi observer les oiseaux dans les branches en été. Et si on doit en venir aux mains, qui gagnera ? Je ne l'ai pas vu de près, mais il me semble que nous sommes aussi voisins en taille et en poids, ce qui n'arrange rien. S'il était beaucoup plus faible, je lui casserais la gueule. S'il était plus fort, j'éviterais à tout prix le combat. Là, c'est plus compliqué. Je décapsule une grande bouteille de bière belge, qu'un invité radin a dû apporter et oublier, et la laisse faire son ouvrage. Le goût est mauvais, trop sucré, mais je parviens à dormir.

- 6 -

Pendant deux jours, je n'ouvre pas les volets du salon, ni ceux de ma chambre. La cuisine, de toute façon, j'y passe peu de temps. Quand je quitte ou regagne l'immeuble, je ne tourne pas la tête vers l'appartement haï ; ce serait lui donner de l'importance. Après quarante-huit heures, j'estime que, peut-être, nous sommes quittes. Après tout, un (petit) carreau cassé, une soirée à m'enquiquiner avec son pointeur laser, un partout. Par ailleurs, d'autres sujets m'occupent. L'étude sur les poulets patriotes à l'agence me prend du temps ; et ce soir, je me réjouis de retrouver J., un vieux copain pour qui la fête est une vocation et une discipline.

Nous avons rendez-vous dans un bar récent au bas de la rue Oberkampf, le Tailor, vers la station Filles du Calvaire. C'est un endroit que nous connaissons tous les deux, et nous sommes accueillis avec chaleur par le tenancier, qui nous propose de le rejoindre au comptoir. Je commande une pinte de pilsner, et mon ami, un gin tonic, arguant qu'à l'heure qu'il est, le temps de l'apéritif est passé. Je tiens mon amitié avec J. de mon petit frère, installé depuis deux ans au Maroc. Il m'a laissé J. en souvenir, même si eux ne se voyaient plus tellement lorsqu'il est parti. J. est un jeune homme fougueux, à l'accent nîmois prononcé, beau garçon, séducteur, courageux quand il s'agit d'aborder des filles ou de se battre avec des garçons. Il a des opinions très tranchées, sur tout, qu'il fait savoir à pleine voix et assortit la plupart du temps d'un franc éclat de rire, ce qui lui évite d'être tabassé à mort trois fois par semaine. Mon frère m'a raconté qu'il avait déjà tenu des propos d'un racisme épouvantable, que ceux qui le fréquentent ont attribué à l'alcool, ou tolèrent parce que J. est un maître quand il s'agit de s'amuser. Mais je soupçonne que ces sorties sont à l'origine de l'éloignement entre mon frère et lui. Je suis de ceux qui n'ont pas été témoins des tirades xénophobes de J. lorsqu'il est ivre, et j'espère y échapper. À vrai dire, je le crains presque autant que j'apprécie sa compagnie. Je ne sais comment je me comporterai s'il décide de discourir sur les Noirs, les Arabes, les musulmans, tout ensemble qu'il prendra pour cible ; je ne sais pas si j'aurai le courage de lui dire que je ne suis pas d'accord, et de m'engager au moins dans une discussion qui m'épuise d'avance, si ce n'est dans une baston que je perdrai à coup sûr. C'est le prix à payer pour des soirées mémorables, faire des rencontres, escalader la grille d'un parc ou d'un zoo, aller au cinéma bourré, fermer un bar et rester boire avec le patron, etc.

Au départ, je ne sais pas bien de quoi parler avec J. Je ne comprends rien à son métier. Les sujets que nous abordons viennent en général avec l'ébriété, et ils se promènent autour de nous (elle = jolie, lui = con, lui = sympa, elle = moche, nous = drôles). Je commande un verre de mezcal, et lui un Negroni (gin, vermouth, campari). J'ai découvert les alcools à base d'agave par l'ami d'un ami, qui réside au Mexique et venait rendre visite, entre autres, à sa sœur installée en France. Je les ai rejoints dans un bar proche de l'Hôtel de Ville, la Perla, où on sert des nachos dégoulinants de fromage et de guacamole, des quesadillas délicieuses, et des margaritas classiques ou aromatisées aux fruits, à la vanille, à la cannelle. J'avais déjà passé quelques soirées dans ce bistrot, et jamais les bouteilles de tequila et de mezcal ne m'avaient attiré. J'avais rencontré la tequila trop tôt et dans de mauvaises conditions, comme beaucoup d'adolescents : de mauvaise qualité, servie en shot, accompagnée d'une rondelle de citron et d'une pincée de sel sur le dos de la main. Du mezcal, je ne connaissais que le ver qu'on trouve parfois au fond des bouteilles. Ce soir-là, l'ami d'ami a affirmé que les alcools issus des différentes variétés d'agaves étaient les plus riches que la Terre connaisse ; et j'ai ri. Sans s'agacer un instant de mes railleries, il a fait apporter trois bouteilles en déployant un cours passionnant sur la plantation et la récolte des feuilles d'agave, et le processus de distillation. Nous avons goûté deux mezcals, un jeune et l'un plus fermenté, à base d'agave sauvage, car il existe des variétés d'agave que l'on peut cultiver, et d'autres indomptables. Puis une tequila, qui est un mezcal fabriqué à partir d'agave bleue. Le goût fumé et profond de la liqueur, les coutumes qui entourent sa fabrication, ses irradiations chaleureuses m'ont fait pencher du côté du mexicain. J'ai regretté de m'être moqué, et me suis excusé. Nous avons promis, avec mon ami, de lui rendre visite bientôt ; portés par l'ivresse, nous étions à deux doigts de prendre des billets d'avion. Le lendemain matin, je me suis réveillé avec un mal de crâne relatif, ce qui a achevé de me gagner à la cause centraméricaine.

Je déguste mon verre à côté de J., dont la tête pivote en tous sens à la recherche d'une proie. Je pensais retrouver un ami proche, parce qu'il m'évoque mon frère, mais je suis installé à côté d'un type trop agité, dont je redoute les explosions. Il me raconte que son patron est un con, ses voisins de bureau tout autant, ses clients plus encore. Je m'ennuie. Je fais tourner mon verre sur sa base comme les gens qui s'ennuient. J'hésite à renoncer, mais c'est compliqué de renoncer à ce qu'on a déjà à moitié accompli. Si je pars maintenant, je rentrerai seul, à moitié saoul, frustré de l'écart entre la fête que je projetais et cet avorton de soirée. L'alcool me gagne enfin, et un groupe de trois filles passe la porte du bar. Ouf. Je fais signe au propriétaire de me resservir, et J. s'empresse de commander un nouveau gin tonic. Il pivote sur son haut tabouret pour pouvoir détailler les nouvelles entrantes, quitte à m'éliminer de son champ de vision. L'heure avance, que nous peuplons de commentaires sur le petit groupe, de rires de basse-cour, quand nous n'essayons pas, rendus plus confiants par l'alcool, de plonger un regard sérieux dans les yeux de la tablée féminine. Elles partent vers une heure, et nous sommes déçus, sans l'être tout à fait : mine de rien, à force de tant commenter, rêver, y croire, nous avons vécu quelque chose. J'en veux un peu à J. de ne pas s'être levé pour leur parler : même en cas d'échec, ça aurait été un bon divertissement. Mais ce n'était pas son soir, me dit-il. On se finit à grands coups de shots, de tequilas, de rhums arrangés à l'ananas, parfumant ce joyeux mélange de quelques verres de bière, pour contenir l'ivresse. Avant de se séparer, le bras passé autour de son épaule, je lui raconte l'affaire de mon voisin timbré, la balle de tennis, le courrier, le pointeur laser. J. se raidit et me tance d'avoir écrit à cet abruti. Pire, il me traite de lâche de n'avoir rien fait depuis le coup du pointeur laser. Une idée le traverse ; et à cette heure, à cet endroit, les idées ne sont pas bonnes. Nous faisons route vers ma rue. Arrivés au pied de mon immeuble, J. se baisse et farfouille par terre. J'essaie de voir ce qu'il fait mais je perds l'équilibre. Quand je me redresse, le temps de réajuster la mire, je le vois écroulé de rire, le doigt pointé en l'air. Une énorme crotte de chien s'étale sur le carreau de mon voisin. Au passage, je note que la fenêtre est déjà réparée. Je suis partagé entre l'envie de rire et celle de frapper J. Je ne saurai jamais si, avant de recevoir une crotte sur sa vitre, le fou d'en face comptait me laisser tranquille ; en tout cas, les véritables ennuis ont commencé ici.

- 7 -

Le réveil interrompt un rêve dans lequel je ne parvenais pas à fermer la porte de mon appartement. J'avais beau essayer de la claquer, m'assurer qu'elle tenait bien, des intrus parvenaient toujours à entrer et traverser mon salon, sans intention maléfique, mais sans gêne non plus. Ils passaient devant moi avec une mine un peu gênée, pas plus que ça, comme des gens interrompant la pose de touristes en faisant irruption dans le cadre parce que l'étroitesse du trottoir l'exige. Depuis mon canapé, je leur demandais de cesser, je me levais pour fermer à nouveau la porte, et on m'envahissait à nouveau. Mon appartement était une sorte de loge sur le chemin de travailleurs, pas question d'intimité ici. Bip bip bip. J'ouvre une paupière, soulagé de retrouver ma propriété privée. Les émissaires du mezcal et de la vodka se rappellent à moi, ils tirent de toutes leurs forces sur mes nerfs oculaires et se pressent contre mes tempes. Une pellicule moite couvre la peau de mon visage. J'ai envie de vomir et le ventre vide. Je me croise dans le miroir de la salle de bains ; j'ai un teint rose de cochon. L'alcool ne me donne pas mauvaise mine. Plus d'une fois, au travail, on m'a dit que j'avais une tête épouvantable après une bonne nuit, et un joli teint hâlé les lendemains de cuite. À chaque fois, j'ai été trahi par mon haleine. J'ai la gorge désertique. Je suis en train de boire de l'eau au robinet, en slip, la tête dans l'évier, quand la dernière action de J. me revient en mémoire. Quel énorme con, me dis-je, moitié en moi, moitié pour le reste du monde. Je me lave deux fois les dents, racle la langue à m'en faire tousser, et file au bureau, rongé par l'angoisse et porté par l'euphorie résiduelle de la gueule de bois. Je le quitte à dix-neuf heures.

Dans le hall de mon immeuble, un mot tapé à l'ordinateur, scotché à côté de l'interphone :

La campagne présidentielle de 2017 a déjà commencé ! Je serai l'année prochaine un soutien du Front National, et votre relai local dans l'immeuble et le quartier. Vous avez

des questions ? Envie de vous engager vous aussi pour notre campagne 2017 ? Ma porte est ouverte.
Au nom du peuple,
Votre voisin,
Monsieur D., au deuxième étage à droite.

Et un logo du Front National pour la route. Quand j'ai bu la veille, je suis très sensible. J'arrache la feuille et me mets à transpirer du front, du dos, des aisselles. Je sens mon cœur appuyer sur mon estomac fragile. Je froisse l'horrible mot et en fais une boulette minuscule, qui s'imbibe de sueur dans ma paume. Quand je tends le badge magnétique vers le boîtier noir, à côté de l'interphone, je remarque autre chose : une tâche brune sur l'étiquette de mon nom. Une brûlure. Ce taré de voisin a placardé ce mot dans mon immeuble, et passé un briquet sur mon nom. Il connaît mon nom. Comment peut-il connaître mon nom ? Un colis m'attend sur le paillasson : les jumelles. Je tape un démenti, l'imprime, ouvre les volets, jette un œil en face : personne. Je m'essuie le front avec le rideau. L'appartement du voisin est moins exposé que le mien : son salon donne sur la rue, c'est tout. La chambre, la cuisine, la salle de bains doivent donner à l'arrière, côté cour. Il est mieux abrité que moi. Je cherche un détail compromettant, et je ne trouve qu'un canapé, le dos d'une télévision, une table avec une coupelle de fruits et un vase vide, une bibliothèque qui forme un angle trop important avec moi pour que je puisse lire les titres des ouvrages, et une reproduction du *Nighthawks* de Hopper. Coïncidence : mon père avait accroché le même tableau dans le salon, quand j'étais petit. Ça ne me rend en rien ce voisin malade sympathique ; au contraire, je décide à l'instant que je n'aime plus cette œuvre. Quand je descends fixer mon démenti au rez-de-chaussée, un nouveau mot de soutien au Front National est apparu à côté de l'interphone. Ça va mal.

J'ai envie de dire pause, stop, trêve, réconciliation, temps mort. Si j'avais trouvé un mot dans ma boîte aux lettres exigeant que je me mette à genoux sous les fenêtres de mon ennemi, qu'il me verse sur la tête depuis le deuxième étage ses pâtes de la veille, je l'aurais fait. Que je nettoie sans gants la crotte de chien sur son carreau : je l'aurais fait. Il a frappé juste. Je me fous de la politique, mais j'ai très peur qu'on me croie affilié à ces idées haineuses. J'ai peur qu'on bombe ma porte ou même qu'on s'en prenne à moi en tant que porte-parole et représentant de la fille de son père. Et j'ai peur – presque autant – que des soutiens officieux du Front National, ces quelques vieux de l'immeuble qui jettent des regards noirs aux livreurs qui n'ont pas la peau blanche et leur demandent où ils vont, viennent m'entretenir de leur ferme intention de voter bien à droite pour refaire de ce pays ce qu'il était, au bon temps où ils pouvaient encore sortir dans la rue sans craindre un attentat. On va me haïr dans tout l'immeuble, dans le quartier. Tous ceux qui passent par le hall et montent par les escaliers vont avoir envie de pisser sur mon paillasson. De déposer des ordures dans ma boîte aux lettres. Je m'assieds par terre, chez moi, sans allumer la lumière, et me force à ralentir le rythme de mes respirations. Jean-Paul comprend que j'ai besoin de réconfort, et il s'enroule sur mes genoux. Je ne pratique aucune religion, et pourtant je m'entends dire avec sérieux : Jean-Paul, si tu es bien le pape, fais quelque chose.

Je retrouve Franck au Tailor après dîner. Impossible de rester à la maison dans cet état de nervosité. Franck est mon ami de toujours. Il a d'abord refusé de sortir, il était sur le point de lancer un film, puis il a cédé quand j'ai dit que j'offrirais les deux premiers verres. Il n'est pas radin mais il n'est pas non plus allergique à ce qui est gratuit. Le patron nous installe au comptoir, là où j'étais la veille, et il propose en rigolant de graver mon nom dans le bois de la chaise. Je souris sans joie et demande une grande pilsner pour commencer. Franck et moi étions dans la même classe de CM1. Nos chemins ont divergé depuis, il a fréquenté une école d'ingénieurs tandis que je me destinais à la publicité. Ça ne nous a jamais séparés. C'est un garçon doux, formidablement intelligent, les cheveux hirsutes comme si chacun était l'une de ses idées folles. Il m'a transmis sa passion pour les films d'épouvante, en me forçant à regarder *Carrie* quand j'avais douze ans. Depuis ce jour, quand je vais aux toilettes la nuit, je regarde derrière les portes pour vérifier qu'il n'y a personne ; la scène où on entrevoit le visage effrayant de la mère, planquée par le battant mais éclairée par la lumière de la salle de bains, compte parmi mes mauvais souvenirs. Au lieu de lui en vouloir pour ce traumatisme originel, j'ai bu avec lui des litres d'Orangina devant des histoires d'esprits revanchards, de morts-vivants, de manoirs, d'hommes et de femmes hantés, de brume maudite, etc., chez lui d'abord, au cinéma ensuite, quand notre moustache naissante nous a permis de tromper les caissiers. Ce soir, il s'apprêtait à lancer *The Visit*, nouvel opus de M. Night Shyamalan, le réalisateur de *Sixième Sens* : deux jeunes enfants se retrouvent en vacances chez leurs grands-parents, qu'ils connaissent à peine et dont les habitudes sont un peu étranges. On l'a vu au cinéma mais il voulait le revoir. On en parle un moment. Je reproche au film le caractère peu vraisemblable de l'intrigue, et le fait que les deux gamins connaissent à peine leurs grands-parents alors qu'ils ont – dans mon souvenir – huit ou dix ans. Ça ne gêne pas Franck. Ce qui le fascine, c'est la façon qu'ont certains réalisateurs (ou écrivains) de nous amener à nous méfier de ce qui nous paraissait inoffensif. Comme Stephen King, dans *Ça*, instille la terreur dans un élément aussi anodin qu'un robinet ou une douche, puisque c'est par les canalisations que le monstre se déplace et apparaît. Faire naître chez les personnages, donc chez le spectateur, la peur d'un simple robinet, ou d'une grand-mère, c'est prodigieux. La terreur dans des mondes lointains, ça peut être réussi et intéressant ; mais celle qu'on instille dans notre vie quotidienne, qui nous fait douter de nos repères, c'est la plus intense. Voilà, c'est une pensée de Franck, un de ses cheveux hirsutes. L'image de mon voisin avec son pointeur laser me vient en tête. Je l'efface en prenant une longue gorgée. Quand Franck déplie une théorie, il regarde toujours dans le vide, en faisant tourner son verre à la base. Il se tourne vers moi pour savoir ce que j'en pense – je suis d'accord mais il n'a plus rien à boire.

Je me demande si le conflit avec mon voisin pourrait servir de base à un film d'épouvante. Les ingrédients préférés de Franck sont réunis : introduire la peur dans un environnement quotidien et a priori sûr, harceler jusqu'à la mort. Je n'ai pas envie de confier cette inquiétude à Franck, parce que ce n'est pas notre mode de communication. Nous avons beau être les plus proches amis du monde, il n'est pas dans nos habitudes de nous ouvrir sur les sentiments qui nous assaillent. Après plus de vingt ans d'amitié, je suis toujours incapable de dire s'il va bien ou mal, même en passant une soirée entière avec lui. Je peux le deviner au nombre de fois où il rit de bon cœur, mais ce ne sera qu'un indice. Je ne le regrette pas ; m'ouvrir sur la réalité de ce qui m'anime me met en général mal à l'aise, et ceux qui essaient de se frayer un chemin à l'intérieur de moi, en posant des questions insistantes, m'énervent. Je trouve plus respectueux de partir du principe suivant : si on se retrouve, Franck et moi, c'est pour passer un moment agréable à parler de choses qui nous sont chères en mangeant et buvant bien. S'il va mal, il sera en théorie moins malheureux après notre rencontre ; s'il va bien, il sera aussi heureux, si ce n'est plus, en rentrant chez lui.

Qu'est-ce qui se passerait dans ce film avec un voisin psychopathe ? Il entrerait chez moi pendant que je dors ? Il entrerait par effraction dans l'appartement en mon absence, et changerait les serrures, et prendrait mon nom, affirmerait qu'il est moi ? Il me tirerait dessus depuis sa fenêtre ? Il ferait passer une vipère sous la porte d'entrée ? À deux heures, le Tailor ferme et Franck s'éloigne vers la place de la République, avec ses cheveux explosifs et sa démarche bougonne. Ce soir, j'ai l'alcool joyeux (et irrationnel). Je m'arrête au pied de l'immeuble de mon voisin et j'attends que quelqu'un sorte pour entrer. Je tiens à aller lui faire mes excuses, tout de suite. Je ne désire rien de plus qu'une belle poignée de main amicale. Je veux que ça se finisse bien. Je suis persuadé que derrière cette histoire, une belle amitié se cache. On pourrait s'inviter à voir des films ou prendre l'apéritif en ouvrant la fenêtre. J'ai été idiot (et J. a été un vrai con) : je vais lui dire à quel point je suis navré, comme j'ai été intolérant vis-à-vis de sa soirée, un véritable petit facho. Et son affiche du Front National ? Une idée géniale ! Je n'y aurais jamais pensé. Je le féliciterai et on rira ensemble. Mais personne ne sort de l'immeuble et je poireaute vingt minutes en bas, avec mon enthousiasme qui dégonfle. Je rentre dormir, et j'arrache au passage la nouvelle note aux voisins.

-8-

Novembre touche à sa fin. Le soleil se lève si peu que je ne vois pas les jours passer. Au travail, l'activité accélère. Chaque année, à l'approche des fêtes, la panique monte chez les clients : il faut pouvoir partir l'esprit tranquille. Ils veillent donc, cravache à la main, à ce que leur agence travaille deux fois plus, et inspectent avec énergie les travaux finis. L'idée des poulets et de *la Marseillaise* a fait son chemin. L'idée, assortie d'un script et d'un storyboard, a été présentée à des groupes de consommateurs, qui l'ont accueillie avec perplexité. Une fois passée la minute de rires nerveux, certains ont trouvé la campagne drôle ; la plupart ont trouvé le discours patriote de mauvais goût, et les propos de l'entreprise peu dignes de confiance.

Les entretiens de groupes sont organisés en soirée, pour permettre aux huit ou dix personnes de nous rejoindre après leur journée de travail. On les rassemble dans une petite salle, avec du café, des biscuits et un animateur professionnel. Un responsable du service des études (en l'occurrence, moi), le directeur créatif et un client sont en embuscade derrière une vitre sans tain, dans une cabine ssans qu'ils nous voient ; sinon, ils pourraient être tentés de parler avec moins de franchise, pour éviter de vexer ceux qui les paient pour être là. La scène ne se déroule pas à l'agence mais dans un institut de sondage, chargé du recrutement des consommateurs, de l'animation des groupes, et de la fourniture du café et des biscuits. Côté cabine, nous sommes installés dans de petits canapés confortables, et on a aussi mis à notre disposition des canettes de soda, auxquelles les groupes n'ont pas droit. Je pensais voir le directeur créatif et le client blêmir en entendant les réactions au script, mais ils plaisantent entre eux. Ils se mettent déjà d'accord pour amender quelques détails mineurs, ajouter par exemple des poules parmi les poulets, mais dans l'ensemble, ils entendent surtout que l'idée a fait rire. Vers minuit, l'animateur remercie les sondés ; mes deux acolytes s'en vont boire une bière dans les environs. Dans le hall de l'immeuble, je trouve ma boîte aux lettres barbouillée des mots « Courrier de facho : ici » avec une flèche qui pointe vers la fente métallique. Je passe un mouchoir sur l'écriture : ça ne part pas. Je suis épuisé ; je mettrai un nouveau mot demain à côté de l'interphone. J'ai du courrier : une lettre de l'agence immobilière de la rue Oberkampf, qui cherche des appartements à vendre dans le quartier, une autre estampillée Finances publiques, qui me convie à un rendez-vous dix jours plus tard. Belle moisson. Je monte et m'endors sans me brosser les dents.

L'agresseur du métro parisien remet un peu d'animation dans ces journées moroses. Il a attaqué une nouvelle fois, à la station Mouton-Duvernet, au sud de la ligne 4. La victime, un quadragénaire parisien, a été blessé au niveau du « rocher », l'os situé à l'arrière de l'oreille. Je trouve ce terme anatomique inattendu et poétique ; les présentateurs des chaînes d'information le prononcent comme s'ils l'utilisaient tous les jours, comme poignet ou épaule. Nous avons un rocher derrière l'oreille. L'agresseur a fui aux premiers cris de l'agressé, par les couloirs et la sortie la moins empruntée. Les caméras perdent ensuite sa trace. Interrogé à la sortie du métro, au pied d'un camion de pompiers, sur fond de cordons policiers, le quadragénaire n'a rien su dire de son assaillant, si ce n'est que l'individu a les traits fixes, est resté silencieux et a déguerpi dès que les hurlements l'ont arraché à son voile de discrétion. Il a surtout retenu le sifflement de la perceuse près de son tympan. Je me demande si les victimes, à force d'entendre les témoignages précédents, ne s'influencent pas (sans le réaliser) dans leur description de l'agresseur. Pour la première fois, on diffuse à la télévision les images des caméras de surveillance : on y voit une personne en long manteau gris parcourir un couloir à grandes enjambées, sans courir. Quelle société fabrique des êtres pareils, qui sortent de chez eux avec une perceuse chargée et essaient de crever le tympan d'un concitoyen ? Toutes les sociétés, me répond ma voix intérieure, celle qui déteste mes approximations et mes réactions réactionnaires. Toutes les sociétés depuis toujours ont leur part de violence, ou baignent dedans. Cette sage voix intérieure a raison la plupart du temps, et elle parle avec un aplomb exaspérant. Je sais que je ne gagnerai pas sur le terrain du débat, alors j'imite son ton hautain de prof dans ma tête, et ne me préoccupe plus d'elle. Les policiers interrogés sont incapables de faire état d'un progrès dans l'enquête : ils assurent la population de leur entier investissement dans l'affaire, annoncent à chaque fois un élargissement de l'équipe dédiée, sans résultat. Les ventes de gaz lacrymogène en spray augmentent. Des reporters tendent leurs micros à des usagers du métro ; chacun a sa technique – mettre un casque sur les oreilles, se coller contre un mur pour ne laisser aucun angle mort, etc. L'apparence aléatoire des agressions me rappelle l'affaire du « Sniper », au début des années 2000 à Washington. Un tireur d'élite et un jeune homme de dix-sept ans, cachés dans le coffre de leur automobile, ont abattu dix civils (et fait trois blessés) dans la capitale des États-Unis, et les états de l'Alabama et de Virginie. Ils avaient ménagé une ouverture discrète dans le coffre de la voiture, par laquelle ils passaient le canon de l'arme, installée sur un bipied et équipée d'une lunette de visée. Je me souviens avoir été marqué par la psychose dans les rues américaines, parce qu'il était simple et effrayant de se mettre à leur place. Personne n'était en sécurité nulle part. Les deux tueurs ont laissé certains indices cryptiques, comme une carte de tarot portant l'inscription *Call me God.* Si ces tueurs avaient sévi en région parisienne, je crois que j'aurais vécu chez moi par terre, en attendant leur arrestation. Ils ont fini par être attrapés dans le Maryland, sur un parking où ils s'étaient tous les deux endormis dans la voiture, une Chevrolet Caprice. Au bout de trois semaines de meurtres au hasard. On peut se féliciter que le *modus operandi* de notre déséquilibré soit bien moins efficace qu'un fusil à lunette de visée.

J'ai pris la matinée du lundi suivant pour me rendre au centre des Finances publiques du 11e arrondissement, rue Godefroy-Cavaignac. J'ai pris un ticket et patienté vingt minutes avant d'être reçu au guichet. Quand j'ai présenté le papier, l'opératrice a froncé les sourcils, puis elle a gloussé et appelé un collègue. Ils m'ont dit qu'on m'avait fait une blague, que la mise en page des courriers des Finances publiques ne ressemblait pas à ça, et que le signataire n'existait pas, du moins ne travaillait pas ici. J'ai pris le boulevard Voltaire en sens inverse, considérant mon courrier avec méfiance. C'est en débouchant sur la rue de la Folie-Méricourt que j'ai commencé à comprendre, et j'ai marché plus vite. Sur mon paillasson, une bouteille de soda renversée : le liquide coule sous ma porte, sur le plancher de l'appartement. Ce connard de voisin est de retour, c'est évident. J'attrape mes clés en tremblant de rage et les plonge dans la serrure : ça coince. Je force un peu : la clé glisse et je me cogne le poignet contre la porte. Un chewing-gum sec, gris d'avoir été mâché, m'empêche d'ouvrir la porte. Je serre les poings et me tape le front contre la porte – je regrette mon geste. J'essaie de gratter, mais ne parviens qu'à extraire quelques points secs du chewing-gum, et à enfoncer le reste. Je trouve sur Internet le numéro d'un serrurier qui arrive au bout de vingt minutes, que je passe assis dans l'escalier, à gratter le mur comme un possédé. L'ouvrier arrive avec sa mallette et rit en découvrant ce qu'il semble prendre pour une farce. Il attrape du dissolvant et me demande d'emprunter du vinaigre blanc chez un voisin. J'en trouve chez le vieux du quatrième qui ne sort jamais de chez lui et me tend la bouteille avec méfiance, en me répétant trois fois de la lui rapporter. Le serrurier nettoie le cylindre et me facture cent-cinquante euros pour le déplacement et la manipulation. J'entre enfin et nettoie l'étang de soda à moitié incrusté dans les premières lattes du plancher. Je passe la soirée à guetter, avec mes jumelles, mon voisin qui ne paraît pas, à ruminer ma vengeance, et m'endors, pour la première fois, en l'imaginant hurler tandis que j'enfonce une perceuse dans son oreille droite.

- 9 -

Le lendemain, je profite de ma pause déjeuner pour repasser chez moi. Juste avant, je rends visite au surplus militaire, du côté de République. On y vend des pistolets à air comprimé, des vestes de camouflage, une variété infinie de sprays lacrymogènes. Je ressors avec un poing américain à ma taille, dont on me fait promettre que je ne compte pas l'utiliser dans la rue : c'est interdit. À la maison, je place quelques outils indispensables dans mon sac à dos et m'habille en noir, bonnet compris. L'horaire me paraît impeccable : mon voisin sera au travail. J'ai décidé de le baptiser Pétain, à partir de maintenant. J'ai cherché le pire nom possible, c'est celui qui s'est présenté le premier. En bas de son immeuble, je fais mine d'être au téléphone. Une femme se présente enfin, et je lui emboîte le pas à l'intérieur. Elle passe son badge ; j'examine la liste des noms sur l'interphone pour me donner une contenance et retiens la porte à fermeture magnétique. Dans ces moments-là, je réalise à quel point il est pratique d'avoir une tête banale d'homme blanc – on ne me soupçonne jamais de rien, à part les tout petits vieux perdus au fond de la paranoïa. Lorsque l'ascenseur a fini de s'agiter et que j'ai entendu une porte claquer, je prends les escaliers jusqu'au deuxième, du bout des semelles. Je tends l'oreille. Je dois ressembler à une musaraigne à l'affût. Silence parfait. Un morceau de scotch noir sur son judas, et un deuxième de l'autre côté du palier. J'ouvre mon sac à dos sans faire de bruit. Je chausse le poing américain (au cas où), et sors le marteau et un coupe-papier, cadeau de mon grand-père. La sculpture commence. Dans la porte d'entrée de Pétain, je creuse un I, un C, m'arrêtant chaque fois que j'entends un bruit. Une fois, l'ascenseur descend et monte, et je me tiens entre deux étages, prêt à fuir. Les arrondis sont difficiles à graver sans entraînement. Une porte claque. Puis plus rien. Je crois percevoir des craquements dans l'appartement de Pétain, mais ce peuvent être les grincements inévitables des vieux bâtiments. Quand j'arrive au M, on s'avance dans un couloir, juste au-dessus. On ferme une porte. Aux premiers pas dans l'escalier, je file en jetant un dernier regard à mon œuvre : dans le bois de la porte, on lit ICI, PEDOCRIM. Une bouffée de joie-panique m'envahit, la même qui me saisissait aux premières conneries, vers douze ou treize ans. Je n'ai pas pu écrire en entier ICI, PEDOCRIMINEL, et regrette de n'avoir pas opté pour ICI, PEDO qui aurait été efficace. Mais je suis sûr qu'on comprend.

◇

Tous les samedis, je vais acheter mon goûter au supermarché, chez Ali, qui tient le petit Carrefour du boulevard Voltaire. C'est une habitude que j'ai héritée de mon adolescence : un paquet de biscuits (à choisir selon l'humeur et l'appétit) et une bouteille de Coca-Cola. Ali m'accueille avec froideur, et je m'inquiète qu'il ait eu vent du mot dans mon immeuble, et croie que je suis un représentant local du FN. En fait, après avoir passé en silence les deux articles à la caisse, sans un sourire, il me dit : j'ai appris pour votre voisin, j'espère vraiment que ça va bien se finir. Je rentre le menton dans ma gorge, comme je fais toujours quand on me fait des reproches injustes. Je veux l'interroger sur ce qu'il sait, ce que le voisin lui a dit, mais il me fait signe avec humeur de disposer : il a d'autres clients. Quel délire ! Pétain est allé balancer au supermarché ! Il en a (j'espère) peut-être marre – sa façon de lever le drapeau blanc ?

Au pied de l'immeuble, je croise Bill, le chien de mon gardien Papa. Il saute sur mes cuisses et renifle mon pantalon, puis son maître l'appelle près de lui, d'une voix agacée. Le bouledogue rentre la queue, couine, et retourne à regret vers lui. Papa me parle de ses éternels sujets, les travaux de l'immeuble, le manque de sérieux de certains facteurs, les kystes de Bill. Je le sens gêné. Papa, j'ai un souci avec un voisin de l'immeuble en face, je lui dis, c'est lui qui colle ces mots sur le Front National dans le hall. Il rigole et me fait signe qu'il comprend, que ce n'est pas grave. Je lui demande s'il a vu quelqu'un entrer dans les derniers jours, placer cette affiche, ou s'il sait qui a barbouillé ma boîte aux lettres : il n'en a aucune idée. Il s'excuse et file promener Bill, qui s'impatiente. Je le supplie de faire attention aux intrusions ; il n'écoute pas vraiment. Ces deux interactions gâchent mon goûter. Je n'ai pas faim et le Coca me pique la gorge.

Depuis mon baptême de gravure au burin, j'ai bouclé tous les volets pour éviter les représailles. Je tente d'apercevoir de la vie chez Pétain ; ses volets sont fermés comme les miens, même si j'entrevois une lueur autour du cadre, jour et nuit. J'ai beau m'abrutir de séries, de documentaires, d'émissions de télé-réalité sur des sujets aussi variés que la danse, le tatouage ou les sports mécaniques, je ne parviens pas à oublier la menace sourde qui me guette depuis l'appartement d'en face. Même si je me sens dans mon bon droit, je m'en veux d'avoir relancé les hostilités, et de les avoir portées à un nouveau degré de malveillance. Qui sait si ce dingue ne pourrait pas venir me saigner en bas de l'immeuble ? Ou me tirer dessus avec une carabine empruntée à son père chasseur ? Ou me suivre jusqu'au travail pour venir expliquer que je suis impliqué dans une affaire sordide de viol en réunion dans les caves du 11e arrondissement ? Parce qu'il habite en face de chez moi, j'ai conclu que Pétain agissait selon les mêmes conventions que moi, et non comme un potentiel bandit psychotique. C'est une erreur. Les plus terribles meurtriers n'ont pas tous un air patibulaire, un manteau de cuir et une balafre sur le visage. Le poing américain ne quitte plus ma poche.

Pour me changer les idées (et arrêter de sursauter à chaque craquement de plancher), j'accepte de rejoindre des amis d'école au Bar du Cirque, un bistrot aveugle voisin du Cirque d'Hiver, aux allures et odeurs de grotte. J'y vais plus pour boire que pour le plaisir de les retrouver, et quand je m'avoue ça, mon cynisme me fait sourire. Le tenancier me reçoit en ami. Je commande une pinte de bière blonde, et on me tend un shot de vodka aromatisée au tabasco. Après trente minutes, je suis heureux d'être là. Mes anciens camarades hurlent de rire à l'évocation de mes poulets patriotes ; ils ont choisi des métiers où on rit moins et gagne plus. J'oublie l'odeur de cave. Je descends mes verres en quatre ou cinq gorgées, et je commande une nouvelle tournée, quitte à forcer un peu les retardataires. Le propriétaire offre des shots (immondes), fait fonctionner sa machine à fumée et ses lasers rouges et verts. Il paraît si content de faire la démonstration de ses jouets que nous le sommes aussi. Sur la piste, que constitue le maigre centre du bar, un étroit passage entre les tables et le comptoir, des filles dansent, dont l'une me dévisage de loin. Je lui rends ses regards, en espérant me montrer assez mystérieux et inaccessible pour qu'elle se sente obligée de faire le premier pas. Rien. Elle danse, danse, et quand je me lève pour aller vers elle, son groupe l'entoure et s'efface vers une table du fond. Je me dirige vers les toilettes comme si c'était mon intention première, ce que contredit mon passage par le centre de la pièce. En urinant, je réalise que je tangue et arrose la lunette. Je manque tomber à la renverse en actionnant la chasse du bout du pied, une précaution hygiénique. Le dernier verre de bière me reste au fond de la gorge. En déglutissant pour le faire descendre, j'attrape un hoquet, un désagrément récurrent quand je bois trop. Je l'explique par la déshydratation de ma gorge ; personne, à ce jour, n'a confirmé ou contredit mon raisonnement. Je compte jusqu'à trente en retenant ma respiration. Quand arrive l'instant où je crois étouffer, je rouvre les vannes, en espérant avoir vaincu le hoquet. C'est une manipulation pénible, on a l'impression de se noyer. Une fois les spasmes neutralisés, je regagne ma table et vois la fin de soirée approcher. Un des gars a déjà remis son manteau. Ça m'énerve. Je n'ai pas envie d'arrêter de boire. Je me sens sur le chemin de l'ivresse, pas arrivé. Je commande deux pintes supplémentaires, une pour moi, l'autre pour celui dont je sais qu'il a du mal à refuser un dernier verre. Il accepte mon cadeau avec une certaine pitié dans les yeux, que j'essaie de ne pas voir.

J'arrive devant mon paillasson, raide et de mauvaise humeur. J'ai du mal à ouvrir ma porte, mais ce n'est pas à cause d'un chewing-gum : je n'arrive pas à viser la serrure. J'ai envie de vomir et je me balance sur mes pieds, sans réussir à maîtriser mon mouvement. De la musique. J'entends de la musique. Les voisins du cinquième donnent une fête. Je ne sais pas pourquoi je sonne, si c'est pour me faire respecter ou pour continuer la soirée dont on m'a frustré. Un jeune homme m'ouvre, que je ne connais pas, hilare et bourré. Il me remercie de ne pas avoir appelé la police et m'invite à boire une bière à l'intérieur. J'accepte. Le salon est plongé dans le noir et gorgé de fumée ; ça pue le joint. Une boule à facettes électrique fait danser des formes colorées sur le mur et dans le grand miroir du salon. Les danseurs s'écartent en me dévisageant, ils sentent l'intrus. Je choisis la démarche la plus détendue de ma collection, mais je ne maîtrise plus vraiment mes pas. Je vois la scène à travers une caméra floue, c'est mon corps qui pilote, ou un instinct quelconque. Je cogne dans des épaules et passe le bras autour, pour m'excuser. Sur la table, poussée contre le mur du salon, j'attrape une bière, tiède et déjà ouverte. La fumée pique les yeux. Ce sont des jeunes – lycéens ou jeunes universitaires –, mais je m'en fiche, au moins ils ne rentrent pas à une heure du matin. Par la fenêtre, je vois les volets de Pétain, bien fermés. J'ai envie de jeter un cendrier dessus (c'est l'objet le plus lourd à portée de ma main). Une jeune fille s'approche de la table et se sert un verre de cette immonde liqueur aromatisée à la pomme par laquelle nous sommes tous passés. Elle me sourit. Ils sont réunis pour l'anniversaire d'un garçon assis dans le canapé, très bien habillé, avec un gilet de soie et des chaussures vernies. J'ai du mal à articuler, alors je danse un peu avec elle. C'est absurde, parce que je ne danse jamais et je méprise les gens qui dansent. Je jalouse leur aisance en public, leur rapport à leur corps, j'aimerais être comme eux. Je remue un peu avec cette jeune fille et je fais un mouvement pour l'embrasser, mais elle disparaît en riant et je vais m'asseoir avec le célébré au gilet de soie. Je me sens à la fois très puissant et navrant.

Le jeune homme dont on fête l'anniversaire est aveugle. Ses amis viennent de temps à autre lui crier des choses à l'oreille ou lui faire une blague. Personne ne reste assis à côté de lui. Les jeunes préfèrent danser et essayer de trouver quelqu'un à embrasser. Je me prends de pitié pour mon voisin, qui ne m'a rien demandé et tire en silence sur son pétard, sourire aux lèvres. Je m'intéresse à sa vie quotidienne, à sa façon d'occuper son temps, je m'inquiète qu'il s'ennuie, je lui propose de lui lire des livres, à l'occasion, de l'aider pour les courses s'il le faut. Je tente de trouver des solutions pour qu'il profite au maximum de son existence. Il me répond avec patience et dédain, qu'il va au lycée, qu'il lit, qu'il écoute des séries, qu'il sort dans des bars du quartier, comme tout le monde. J'ai la sensation qu'il veut être ailleurs, mais je lui colle aux basques. Il fait appel en moi à cette compassion grotesque des gens ivres. Pour une raison mystérieuse, j'ai besoin que nous soyons amis. Nous sommes très différents, et chaque fois que je suis ivre, j'ai soif de miracles, de rencontres impossibles, qui sur le moment me paraissent touchantes. Il me tend son joint pour me faire taire.

Je tire avec énergie, et je sens mon cerveau pivoter dans ma tête. Les lignes se troublent. Mon champ de vision se rétrécit, la scène s'éloigne, façon jumelles à l'envers. Une gorgée de bière pour faire passer ça. L'aveugle se tourne vers moi et éclate de rire. Un gars vient lui parler à l'oreille. Ils se marrent. Une autre gorgée de bière ; elle a un goût de cendres. Je me penche jusqu'au lobe de mon voisin pour lui parler. Il a un mouvement de recul. Je lui dis de ne pas avoir peur. Je veux savoir depuis quand il ne voit pas. Il répond d'un regard méprisant. Je n'arrive pas à me faire comprendre. Je veux savoir s'il ne voit rien, ou s'il voit comme s'il avait un écran noir devant les yeux, s'il voit une couleur opaque ou si son œil est inactif. Plus je le sens excédé, plus j'insiste, pour rattraper le coup, persuadé de mes bonnes intentions. Il se lève ; moi aussi, pour ne pas demeurer seul sur le canapé. Je perds l'équilibre. Sur le chemin de la sortie, je croise la fille avec qui j'ai dansé et lui propose de rentrer chez moi : non, elle répond avec une mine effrayée.

Le lendemain, honte. La fin de la soirée m'échappe. J'ai un bleu sur les fesses, j'ai dû glisser dans les marches en redescendant en chaussettes. J'ai plus de trente ans : qu'est-ce que je faisais à une soirée d'adolescents ? Et si la fille était mineure ? Et si elle portait plainte ? Est-ce que j'ai cassé quelque chose en partant, est-ce que je me suis battu ? Je ne sais plus. Je ne veux plus sortir de l'appartement. L'idée de croiser le voisin du cinquième dans la cage d'escalier m'épouvante. Entre le cinquième et Pétain, je suis acculé. Me voilà, définitivement, en territoire ennemi.

- 10 -

Lundi, un tintamarre me tire du sommeil avant le radio-réveil. Par une fente du volet, j'aperçois une dizaine d'ouvriers en train de décharger des barres de métal et préparer la construction de l'échafaudage. Posté en faction au pied de l'immeuble, Papa supervise le chantier. On n'attend rien de lui, mais il pointe les outils aux travailleurs qui semblent avoir perdu quelque chose. Bill se trouve un nouveau maître toutes les dix minutes, puis il s'en lasse après l'avoir suivi sur une vingtaine de mètres en bavant. Trois jours plus tard, les galeries montent jusqu'au troisième, et une bâche de plastique coupe l'appartement du monde. Jean-Paul, effrayé par les allées et venues des hommes en combinaison devant nos fenêtres, se terre dans les placards de la chambre. Je le retrouve parfois endormi dans les slips, ou lové derrière des chaussures. Il ne sort plus dans la courette. Quand les ouvriers ne travaillent pas à mon étage, je trouve agréable cette illusion de vivre dans une grande boule de coton. J'ouvre à nouveau les volets. La lumière ne parvient que filtrée, si bien qu'on ne sait jamais s'il fait beau ou moche – comme dans un casino. J'aime tous les renouveaux, majeurs ou insignifiants. Je chéris tout ce qui peut faire dévier le cours d'un lundi ou d'un mardi habituels. Je suis heureux de voir ces inconnus se promener devant mes fenêtres, même si la situation est inconfortable, et que le ravalement va faire du bruit. Tout ce qui marque une rupture dans le morne défilement des semaines est bon à prendre. Ce n'est pas tellement que je m'ennuie, plutôt que je déteste savoir ce qui va se passer aujourd'hui ; alors, je n'ai plus envie de rencontrer aujourd'hui. De la même façon que je n'irais pas à un dîner chez des amis si je connaissais à l'avance tout le contenu des échanges. De la même façon que je déteste répéter des présentations, ou recopier des brouillons.

Le 13 novembre dernier, en entendant dans le quartier les sirènes de police, j'ai allumé la télé. Les assaillants n'étaient pas encore entrés dans le Bataclan ; on les cherchait entre République et Bastille, après les attaques des restaurants à proximité du Canal Saint-Martin. C'est mon quartier. J'ai eu un moment d'hébétude en découvrant l'ampleur du drame, alors qu'il débutait seulement. J'ai répondu à mes parents et aux rares amis inquiets. Les premières images circulaient, des vitrines brisées du Carillon et du Petit Cambodge, des corps allongés sous des draps blancs, des brancardiers, des dîneurs en larmes. On distinguait au loin le claquement de coups de feu. Par précaution, je me suis assis sur le plancher, et j'ai éteint la lumière dans le salon, de peur qu'une balle perdue entre par les carreaux. De nouveaux messages arrivaient, de la part de celles et ceux qui se souvenaient vaguement de mon adresse. J'avais mal au ventre ; de l'angoisse, de la peine pour ces hommes et femmes dévastés à la télévision – et une incompréhensible excitation. Je l'ai d'abord attribuée à l'opération anti-terroriste qui se déployait à l'écran. À deux cents mètres de la salle de concert, les véhicules renforcés de la BRI stationnaient, et les groupes d'intervention s'alignaient en vérifiant les derniers détails de leur équipement. Partout, des hommes casqués, armés, en train d'attendre l'ordre d'avancer. Les reporters commentaient en direct ce qu'ils voyaient et entendaient, les coups de feu, la première grenade, les cris. Certains spectateurs, enfermés dans le Bataclan, réussissaient à filer par les coursives et trouvaient refuge dans les ruelles avoisinantes. Les troupes se tenaient prêtes à charger et enfoncer la grande porte bloquée par les terroristes. J'ai accusé les films d'action et la glorification des fusils et des fusillades de mon excitation. En fait, non. Les armes m'angoissent depuis ce jour-là. Je ne peux pas croiser le canon d'un pistolet sans faire un large détour sur le trottoir. Ce qui m'agitait, c'était l'idée que ça change, que demain n'aurait aucun rapport avec aujourd'hui, que, face à l'adversité, tous les parisiens retrouveraient une solidarité étouffée par les strates crasseuses du quotidien, par les pannes de la ligne 13, les gens qui grugent la queue à la boulangerie, les automobilistes pressés garés sur les voies de vélo et les trottinistes pressés qui ignorent les feux rouges. Cette abominable attaque a soulevé une vague d'indignation, de chagrin et de peur, certes, mais aussi de communion, comme seules les catastrophes savent le faire. Je suis le premier à pester contre les voitures sur les voies de vélo, contre les cinglés à deux-roues, contre tous et toutes. Et pourtant, je frétillais à l'idée que rien ne serait plus pareil, que la fraternité dont nous rêvons tous dans nos interactions quotidiennes ne serait plus, on pouvait l'espérer, une anomalie statistique dans une mer d'hostile indifférence.

Le 14 novembre 2015, la circulation automobile et piétonne était fermée au croisement du boulevard Voltaire et de la rue Oberkampf. C'était tragique et paisible. Je n'avais connu ce carrefour que grouillant de voitures agacées ; il était désert, l'entrée défendue par des barrières fleuries dans la nuit. Rien n'était plus pareil. On sursautait à chaque bruit, dans la rue. On saluait les policiers. On cédait le passage aux feux tricolores et au supermarché. Pas question d'ajouter un gramme de violence à celle de la télévision. Pour la première fois depuis mon emménagement, les inconnus se dévisageaient sans méfiance. J'avais envie d'aider les gens, à n'importe quoi, à porter leurs sacs, à relever leur moto renversée par le vent. Il avait fallu centre-trente-et-un morts, comme un sacrifice à un immonde dieu des villes, pour qu'on fasse un peu la paix. Après quelques semaines, les grincements du quotidien ont repris leurs droits.

L'ouvrier qui gratte le cadre de ma fenêtre me tire de ces souvenirs. Je le salue de la tête. C'est gênant de regarder quelqu'un travailler quand on boit son café ; je vais à la cuisine, sinon j'aurai envie de l'aider, ce qui le mettra mal à l'aise à son tour. Une vague d'amitié pour autrui me traverse le ventre, et j'ai envie d'offrir du café à cet homme qui gratte le cadre de la fenêtre. Je prépare une tasse, mais ne sais pas comment la lui proposer. Dans le salon, j'ouvre l'autre fenêtre comme si je faisais circuler l'air dans la pièce. Avec un jeu d'acteur minable, je me promène et prétends, le voyant, être frappé par une idée neuve : au fait, vous voulez un café, je lui demande – et il me répond que non, ça va, merci. Je me dirige vers la tasse surnuméraire, sans déception parce que je me félicite d'avoir osé poser la question, quand il tape à la fenêtre : en fait, si elle est déjà là, je veux bien, dit-il. Il l'attrape à deux mains, me remerciant, et se remet au travail. Je suis fier d'avoir résisté à mon premier réflexe, qui aurait été de vérifier si les fenêtres étaient bien fermées, pour éviter que cet inconnu ne soit tenté de s'introduire chez moi pour voler un DVD. Fier de faire confiance. Mais j'attends trop de ce minuscule geste de fraternité, car il pose la tasse sur le rebord de pierre et l'oublie là : je suis déçu.

◇

La nuit suivante, à cinq heures du matin, j'ouvre les yeux. Un bruit aigu m'agace, assez puissant ou proche pour me tirer hors de l'eau des rêves. Ça semble venir de l'appartement voisin. Quand j'allume, le sifflement cesse. Plus rien. Je demeure un instant sur les coudes et tends la main vers l'interrupteur de la lampe. Un grincement, dehors. Très proche. Un grincement dans l'échafaudage. Sans transition, je passe du calme à la transpiration. Je vais dans le placard de l'entrée récupérer un marteau, en silence. Dans l'approximation du sommeil interrompu, c'est l'objet que mon angoisse élit. J'écarte les rideaux mal fermés d'un coup. Personne. Sur la galerie crantée, devant la fenêtre de ma chambre, un tabouret de bois. Il n'a pas été jeté, il est bien placé. Je n'ai pas vu l'ouvrier s'asseoir une seule fois à l'étage. J'ouvre les battants et vérifie si quelqu'un ne se serait pas caché à droite ou à gauche. Je suis terrifié. Un requin ne pourrait pas m'arracher le marteau des mains, tant je le serre. Personne. Je ferme, et sens sur les montants de bois une aspérité inconnue. J'essuie mes yeux et observe : le long de la poignée, six petits trous du diamètre d'un haricot. Le froid de l'air entre dans la pièce. Quelqu'un a foré depuis l'extérieur, en s'asseyant probablement sur le tabouret oublié là. Je suis en pyjama mais j'ai l'impression d'être tout nu. Plus rien n'est un abri, si on peut pénétrer chez moi. C'est un coup de Pétain, c'est le point d'orgue de Pétain. Le sommet de l'horreur. Une effraction assez ridicule pour que la police ne s'y intéresse jamais ; et pourtant une véritable intrusion, six menaces concrètes. Je tremble, et je ne sais même pas de quoi. Les jumelles autour du cou et le marteau rivé à la main, je sors sur le balcon de métal, aussi prudent que le GIGN en pleine intervention. Je n'entends qu'un groupe de soulards, au loin. La grande bâche de plastique claque au vent : elle me rappelle la scène de douche dans *Psychose* et les installations de *Dexter.* Je donne un bon coup de laisse à mon imagination, avant qu'elle n'y peigne de géantes éclaboussures de sang. La travée est déserte. Les picots antidérapants me font mal aux pieds. J'écarte à peine le rideau de plastique translucide et oriente mes jumelles vers la fenêtre d'en face. Pas un mouvement. Une ampoule illumine un pan de mur, à gauche du canapé. Des vignettes de Polaroïd. Je zoome. C'est une chambre. Plongée dans le noir. Je zoome. À droite, c'est. Je zoome. C'est ma chambre, plongée dans le noir. Sous la couette, c'est moi. Des photos de moi en train de dormir.

Je claque la fenêtre et rentre à toute vitesse. Je me hais d'avoir laissé l'accès à mon appartement ouvert dans mon dos. Et s'il était entré pendant que je faisais ma ronde d'observation ? Cet homme est un malade mental. À l'ouverture du commissariat, je porterai plainte. Il est monté, il a pris des photographies de moi en train de dormir, il a percé ma fenêtre ? C'est ça les conflits entre voisins, maintenant ? Il va me tuer. Il faut que je parte d'ici. Je m'habille, pour pouvoir déguerpir si besoin. Je ferme les volets, vérifie toutes les poignées, et le loquet de la porte d'entrée. Je tire sur la lucarne de la salle de bains, dont les dimensions ne laisseraient pas passer une boîte à chaussures. Mieux vaut... n'est-ce pas ? Il aurait pu entrer. Si je ne m'étais pas réveillé, qu'est-ce qu'il aurait fait ? Si je n'avais pas allumé. Je rassemble quelques affaires nécessaires dans un sac à dos. Je laisse passer une heure, le marteau dans ma paume trempée de sueur. Je reste assis sur le plancher, attendant le jour par les jalousies du volet. La couronne jaune des réverbères, dont j'aime d'ordinaire la chaleur, porte ce matin cette lueur félonne qu'on trouve au fond des yeux des loups. Je patiente, je teste les réflexes de mes genoux avec le marteau.

- 11 -

Le passage par le commissariat n'a pas été concluant. La police m'a reçu avec patience, sans me faire sentir qu'on traitait en ces lieux de cas autrement plus graves : empoisonnement, corruption, poignardage. J'ai raconté toute l'affaire à un agent à moustache blanche, jaunie sous les narines, aussi proche de l'homme que de la moquette. Il m'a écouté jusqu'au bout, et j'ai su que je ne lui présentais pas la moins intéressante de ses affaires. Chaque mot qui sortait de ma bouche, il le frappait sur le clavier de ses deux index. Si je marquais une pause, les doigts demeuraient en l'air, comme des antennes d'escargot ; puis ils reprenaient leur becquetage. Toutefois, lorsque notre entretien s'est terminé et que j'ai eu signé ma déposition, le policier m'a fait savoir qu'il serait compliqué de procéder à une arrestation, sans preuve, ni sang, ni flagrant délit. Peut-être serait-il alors trop tard, ai-je risqué : il a haussé les épaules, l'air de dire Ne vous en faites pas, nous surveillerons avec vous l'évolution de la situation ou alors Hélas. Pour faire la conversation, j'ai posé une question sur le tueur à la perceuse ; son expression a changé. Il m'a répondu qu'il n'avait rien à en dire, avant de se lever pour me raccompagner.

Il existe deux types d'alarmes anti-intrusion. L'alarme volumétrique procède par détection thermique, et repère les corps chauds qui se promènent chez vous sans avoir reçu d'invitation. L'alarme périphérique, que j'ai choisie, réagit si on franchit certains seuils. Le vendeur n'essaie pas d'orienter mon choix : il essaie de me refourguer tout le magasin. Je repars avec quatre détecteurs pour les fenêtres donnant sur la rue, et un dernier pour la porte d'entrée. Plus la centrale à clavier, les boîtiers avertisseurs et une tripotée de câbles d'alimentation. Si Pétain envisage d'enjamber la balustrade, ça va barder ; et je recevrai une alerte sur mon téléphone si je suis absent. Mon conseiller sécurité, comme dit son badge, m'accompagne jusqu'à la porte vitrée et me tend mon sac à deux mains avec un sourire de Picsou : je ne sais pas où, mais je me suis fait voler quelque part. Je profite de la fin de matinée pour installer le système, à l'abri de la bâche en plastique. Je m'en tire assez bien ; vers 13 h, le dispositif est prêt pour son premier test. La sirène est abominable. Impossible de l'arrêter, je dois tout débrancher. L'ouvrier à qui j'offrais un café hier passe une tête inquiète par la fenêtre. Je lui fais signe que tout va bien. Il doit penser que c'est à cause de lui que j'installe tout ça. La honte.

◇

Le tueur à la perceuse a frappé ; cette fois, il a blessé une jeune fille (douze ans) au tympan, sans toutefois parvenir à le trouer. La petite raconte son épreuve face caméra en hoquetant : le sifflement aigu, la douleur térébrante, la surdité temporaire, le sang qui a coulé le long de sa joue. À côté d'elle, son père a les joues rouges de colère. Il interpelle les forces de police et exige des résultats, les yeux dans l'objectif, sans ciller. Sinon... Il ne termine pas sa phrase. Les bandeaux des chaînes d'information continue s'en sont déjà emparé : « Agressions à la perceuse : le père de la petite Irina prêt à venger sa fille ».

L'attaque a eu lieu au métro Quatre-Septembre, sur la ligne 3, à proximité immédiate de la place de l'Opéra : c'est la première fois que le déséquilibré agit en plein centre de Paris. Ni les caméras, ni les guichetiers ne l'ont vu sortir. Soit il a changé de tenue dans un recoin et personne ne l'a reconnu, soit il a filé par les voies. Le préfet de Paris renouvelle sa recommandation : autant que faire se peut, marchez, prenez un vélo, covoiturez. Quand un journaliste l'interroge sur les pistes envisagées par les forces de police, il ouvre les bras et répond que l'enquête est en cours, il ne peut pas en dire plus. Un micro-trottoir nous présente une succession de gens affolés ou résignés, mais aussi, pour la première fois, des pères de famille très remontés contre le tueur à la perceuse. L'un d'eux conclut la séquence par cette phrase : « Si j'en trouve un seul avec une perceuse là-dedans, je peux vous dire, je lui mets la tête dans un distributeur à canettes. » Ce nouvel attentat marque le commencement d'une chasse à l'homme dans les rues de la capitale. Sans rien connaître au métier d'enquêteur, des volontaires de tous les horizons se retrouvent sur Internet et fondent une communauté, mi-forum, mi-milice. Des désœuvrés y trouvent un nouvel élan ; des quadragénaires scandalisés trouvent un lieu et une structure pour protester contre le hasard. Des heures de ronde sont instaurées sur les quais du métro ; on reconnaît les vigiles à leur attitude déterminée, et au fait qu'ils ne montent pas dans les wagons. Il arrive que certains, si la foule enfle, se perchent sur les sièges de la station pour ne rien manquer. Les miliciens font l'objet de nombreux reportages, pour les journaux télévisés et la presse nationale ; avec ces caméras et cette agitation, la probabilité d'un flagrant délit s'amenuise.

Un signalement de l'individu (long manteau de couleur neutre, chapeau ou casquette, main droite dans la poche) circule sur les groupes en ligne et mènent à deux agressions regrettables, par des patrouilleurs enivrés par leur fonction. Ils sont bannis des groupes, et des roulements de surveillance. Ceux qui préfèrent contribuer à distance à l'enquête proposent de nouvelles façons d'aborder le sujet, en cherchant une logique au choix des stations et lignes où les attaques ont eu lieu, aux heures aussi, en reconstituant les itinéraires de fuite dans chaque station, en émettant de premières hypothèses sur le quartier où l'aliéné pourrait se terrer. Sur un versant plus psychologique, d'autres s'intéressent aux motivations de l'agresseur : pourquoi les oreilles, pourquoi une perceuse, pourquoi telle ou telle victime. C'est la fraction de la communauté la plus active, mais les conclusions sont trop variées : elles peinent à fédérer. Enfin, un dernier sous-ensemble du forum se concentre sur l'apparence du criminel et l'étude des bandes de vidéo-surveillance. On tâche d'évaluer la taille, le gabarit, de découvrir la marque du manteau ou des chaussures. Les groupes d'étude travaillent de concert quand le sujet se trouve à la frontière de deux zones d'expertise. Après quelques temps, la communauté en ligne se met d'accord sur ces premières suppositions : c'est un homme, âgé de 35 à 50 ans, sans famille, raisonnablement en forme, de 1,75 mètre environ – il agit avec méthode et sang-froid, en s'appuyant sur des repérages préalables de chaque station – son travail (ou absence de) lui permet de se rendre disponible au milieu de la journée.

À la maison, je passe une vilaine soirée. L'alarme se déclenche alors que je suis immobile dans le canapé. Je vérifie toutes les fenêtres avant de comprendre que

Jean-Paul a sauté sur un détecteur depuis l'étagère de la chambre. Il a eu si peur qu'il est allé se terrer dans un panier de la salle de bains, où je range les réserves de savon et de dentifrice : je ne savais même pas qu'il pouvait tenir là-dedans. Il est nerveux. Je lui tends la main ; il me griffe. Il a besoin de vacances. Moi aussi. Entre la barbarie du tueur aléatoire et la perversion de Pétain, j'ai la trouille. Quand le vent, dehors, froisse la bâche, je dresse l'oreille. Un pas à l'étage supérieur et je baisse la tête comme si on me marchait dessus. Une fois surmontée mon aversion à toute décision spontanée, j'ouvre une carte du monde et la resserre à l'Europe. Je rêve depuis des années de visiter le nord du Royaume-Uni, l'Irlande ou l'Écosse ; j'opte pour une alternative plus raisonnable et accessible à Jean-Paul, la Bretagne, qui saura me fournir, je l'espère, isolement, atmosphères druidiques et murets de pierre moussue. La presqu'île de Crozon me fait l'effet d'un territoire sauvage. Tout est vert sur la carte, et les quelques localités (Telgruc-sur-Mer, Crozon, Argol, Camaret, Lanvéoc) paraissent de faible importance. Je jette mon dévolu sur un gîte rural à proximité de Roscanvel, y réserve cinq nuits, en priant pour que ma folie soit acceptée en haut lieu, à l'agence, moyennant une petite part de la colonie de RTT et jours de congés que j'ai accumulés à force de ne pas partir. On s'en va samedi, je dis à Jean-Paul. Méinw, approuve-t-il dans sa langue, dont l'oreille humaine peinera toujours à saisir les complexités.

\- 12 -

Vendredi soir, je descends à la cave récupérer ma valise à roulettes. C'est un moment que j'aborde sans plaisir :

on m'a attribué un local au deuxième sous-sol, plus proche du lit de la Seine que de l'entrée de l'immeuble. Une épaisse poussière couvre les marches et le sol de terre battue ; partout, des planches de bois rongé par les mites, des parpaings, des pots cassés. Il faut surveiller le minuteur, sans quoi on se retrouve dans le noir, et le plan de l'étage est un mystère : chaque couloir débouche sur un nouveau coude. Je me repère aux objets abandonnés: pour arriver à ma cave, tourner à roue de vélo, suivre les trois planches, passer la porte défoncée, cave n°64. Le minuteur coupe. J'allume la torche de mon téléphone. Les particules flottent dans le silence, troublé seulement par le glissement des courroies de l'ascenseur. J'évite de braquer le faisceau sur la porte éventrée, qui me terrifie. Que ceux qui ne croient pas aux esprits viennent jeter un œil à cette cave et osent me dire que rien n'y vit. À force de les faire tourner sur mes doigts, j'envoie valser les clés. En éclairant le sol, je les trouve, à côté d'une vieille paire de chaussures de cuir. Le problème, c'est que la lumière, et alors elle se met à trembler au bout de mes doigts, éclaire une paire de chaussettes enfoncée dans les souliers, l'ourlet d'un pantalon, et, remontant petit à petit, la section inférieure d'un corps humain assis sur le sol terreux des parties communes.

L'horreur ne s'arrête pas ici. La position, l'immobilité et la situation géographique du corps me font conclure à la présence d'un cadavre dans nos caves : une mauvaise surprise, certes, mais aucune menace imminente. C'est alors qu'il prend au mort la fantaisie de remuer. Un homme maigre et très grand se relève, sans plus d'embarras ni de surprise que si nous étions à la surface. D'un point de vue extérieur, j'ai la panique calme. Ce n'est pas que je sois courageux – c'est plutôt que la terreur me paralyse. L'étrange visiteur se met debout ; s'il ne se tenait pas aussi voûté, son crâne caresserait le plafond. Les joues, creuses comme des orbites. Une veste de costume noire, pleine de poussière, sur une chemise grise sale. Souliers en cuir immenses mais proportionnels. J'écarte les mains en signe de paix mais on ne voit rien si je n'éclaire pas. Ah, désolé, s'excuse-t-il en s'époussetant. Bonjour, vous avez une cave ici (moi). Non, je faisais juste une pause (lui). Il y a trop de paix autour de nous. Cet homme a rendu le silence désagréable et menaçant. J'aimerais qu'il parte avant que j'ouvre ma cave, mais il n'a pas l'air décidé à aller plus loin. Excusez-moi, j'aimerais simplement – et je pointe du doigt la porte en bois qui m'intéresse. Il s'écarte. Le fond du couloir me fait penser à une bouche ouverte. Tandis que j'ouvre, le grand maigre me pose une question : est-ce que je connais le musée, à cet étage ? Sans me retourner, j'avoue que non, en insistant sur le point final. Il m'apprend qu'il existe dans ces couloirs un musée, qu'il accepterait de me faire visiter à l'occasion, si cela m'intéresse. Peut-être, je ne sais pas trop, je dis, espérant m'en débarrasser. Il remarque que, même si je suis à l'évidence propriétaire d'un appartement dans l'immeuble, ou du moins locataire de longue durée, sinon je n'aurais pas accès à la cave, je ne suis pas un visiteur fréquent des sous-sols, sinon je serais au courant de l'existence d'un musée à cet étage, au second sous-sol, et je saurais aussi que tout communique, au deuxième sous-sol de Paris. À cette annonce, je ne peux m'empêcher de me retourner et de lui signifier ainsi – hélas – que l'une des flèches de son discours a su trouver le chemin de mon intérêt. Il se sent alors encouragé à poursuivre. Il m'informe que, même si je semblais l'ignorer jusqu'ici, tout communique au second sous-sol : ce n'est pas vrai au premier, pas non plus au troisième sous-sol, qu'on ne trouve pratiquement plus dans la capitale depuis les dernières inondations, mais le deuxième sous-sol permet de circuler d'un immeuble à l'autre, du moins d'un immeuble équipé à un autre, sans se faire connaître de personne, sauf de ceux qui empruntent ce chemin – une communauté qui compte peu de membres, et tous d'excellente qualité. Par ailleurs, poursuit-il en puisant dans une réserve de souffle qui semble sans fin, le réseau du second sous-sol ne sert pas qu'à circuler d'immeuble en immeuble ; il permet aussi d'accéder à un certain nombre d'œuvres, de collections, de monuments et de cachettes qu'on ne saurait visiter sinon. Parmi eux, le musée dont je vous entretenais à l'instant, conclut-il. Faut-il donc que l'an 2016 m'ait réservé tous ses pires émissaires pour ce mois-ci ? L'homme osseux attend une réponse que je suis incapable de lui donner. Je laisse tomber quelques mots dans le désordre, façon de dire que oui, un jour, peut-être.

Je n'aime pas l'idée de fouiller ma cave avec ce type à l'extérieur. En même temps, je n'ose pas lui demander de partir. Il me fait de la peine, avec ses vêtements d'universitaire déchu, et son corps dont on devine au premier regard qu'il est pénible à promener. Je rabats la porte pour qu'il ne commente pas le contenu de la pièce. Une odeur de vase s'est ajoutée à celles de la poussière et du bois pourri. Si elle vient de l'importun ou d'un recoin de la cave, je ne saurais le dire. J'attrape la valise et ferme la porte derrière moi. Le sac d'os n'est plus là. Est-ce qu'il s'est caché ? Mes paumes suent sur la poignée du sac. J'aurais dû emporter mon marteau. Il ne doit pas être bien fort, mais s'il me bondit dessus depuis un recoin, je peux être pris de court. Je braque la torche vers le fond du couloir, puis vers le conduit qui mène au pied des escaliers. Personne. Mon angoisse la plus forte : croiser la brillance de ses yeux au fond du cellier abandonné. Le faisceau de mon téléphone refuse de balayer cette zone. En me tournant pour vérifier si j'ai bien fermé, j'aperçois une carte au sol : *C. Maldebec, Conservateur.* Rien d'autre. Sur un papier blanc, dont je ne sais pas s'il était crasseux ou si mes pas, à l'instant, l'ont sali. Je retourne la carte ; pas un numéro, pas un indice. Conservateur de son fichu musée du deuxième sous-sol. Plaise au hasard que je ne le recroise plus jamais.

- 13 -

Samedi matin, en prenant le chemin de la gare Montparnasse, le panier de Jean-Paul en bandoulière, je passe acheter des barres chocolatées chez Ali. Il est encore tôt, le Carrefour du boulevard Voltaire est vide. Le gérant me salue avec cette méfiance qui est née lors de ma dernière visite. Je règle, étonné qu'il ne me pose aucune question sur les valises. Je l'informe en souriant que je pars pour quelques jours, et regrette aussitôt cet aveu. Il pourrait laisser échapper l'information. Tant pis, je serai loin et l'alarme est activée. Jean-Paul miaule en entendant un apprenti ranger les yaourts dans les rayons frais. C'est le seul moment où Ali se déride, passant le doigt sur le grillage du panier ; mon chat le sent et lui tourne le dos. Le patron reprend un air sérieux : vous avez réglé la situation avec votre voisin, il demande. Je le rassure, c'est en cours. D'ailleurs, poursuis-je, vous connaissez peut-être son nom ? J'aimerais lui envoyer un courrier pour – le gérant m'interrompt en levant les bras, non non non non, ce n'est pas bien de réclamer ça, maintenant partez s'il vous plaît. Le préposé aux laitages lève la tête, prêt à intervenir s'il le faut pour me pousser dehors. Je m'en occupe.

Le Paris-Quimper dure un peu moins de quatre heures. Jean-Paul se tient bien : au bout d'une heure de trajet, je fais glisser la fermeture de son panier et l'installe sur ma poitrine. Son panier sent le pipi mais l'aération du train nous protège du scandale. La femme installée en face de moi, une quinquagénaire qui cache un bouquin de Houellebecq sous son exemplaire du *Point*, se met à me sourire en découvrant le chat, alors qu'elle me dévisageait jusqu'ici avec une moue de hautain dégoût. Cette bête sait s'attirer les faveurs du monde. Si cette bigote (je sens que c'est une bigote) apprenait qu'il s'appelle Jean-Paul, elle serait ravie. Il faut que je trouve une alternative au cas où elle lirait son médaillon : je dirai que c'est un hommage à Jean-Paul Rouve. Sauvés. La bigote se replonge dans son vilain livre. Mon bel animal forme un cercle presque parfait ; il dort déjà. Il m'arrive de penser que la tendresse de ce chat pourrait combler tous mes besoins affectifs. Il ne m'a jamais déçu, lui, me répété-je quand j'ai subi une vexation, et que je préfère pester contre le genre humain plutôt qu'évacuer la déception en quelques larmes. Dans ces instants, plus nombreux que je ne le souhaiterais, je le caresse avec plus de force, ce qu'il n'aime pas. Il me le fait savoir en battant de la queue contre ma cuisse, ou mon ventre. Mais aussi tendre qu'il soit, Jean-Paul ne pourrait pas suffire à me rendre heureux à lui seul. Je le sais à chaque fois que je fais une rencontre heureuse, qu'elle soit d'ordre amoureux ou amical, ou même un lien fugace, noué et délié en quelques minutes, l'échange d'un sourire ou d'un service, l'étincelle de chaleur d'une porte tenue pour l'autre, d'un coup de main dans l'escalier du métro. J'aime Jean-Paul, je le chéris, je crois qu'il m'aime aussi, autant qu'une bête aux trois quarts sauvage le peut ; j'ai beau croire, quand le jour est sombre, au repli de lui sur moi et de moi sur lui, il n'en reste pas moins que chaque éclat de fraternité que je lis dans l'œil d'un homme ou d'une femme, d'un enfant, d'une vieille, dissipe cette illusion et place dans mon cœur une joie que je chéris autant que je la trouve idiote. Vingt minutes avant l'arrivée, la bigote éveille en effleurant son épaule du doigt son voisin, un vieil homme esquinté, aux poumons fatigués, qui dort depuis le départ. Elle lui offre un peu de biscuit avec une grande douceur, puis lui tend une bouteille d'eau en lui caressant la main. Enfin, elle rassemble leurs affaires à tous les deux, pendant qu'il émerge. Qu'il soit son père, son mari, son frère, je me sens con.

Pour relier Quimper à Roscanvel, j'ai une heure de route, que nous parcourons dans une Citroën C3 bleu électrique. Je nous mets un podcast sur les animaux de compagnie, espérant que Jean-Paul puisse en profiter un minimum, si on entend par exemple des miaulements. Je me gare devant l'entrée de Thierry et Marcus, mes hôtes, à 14 h 30. Le gîte est situé sur un chemin goudronné, face à un champ où paissent des chevaux. Les seuls voisins sont le centre équestre et un vieux fort abandonné, à trois cents mètres en direction de la plage. Ça me convient. Marcus me guide vers un appartement. La propriété compte quatre hébergements : leur maison, une autre dont j'occupe le rez-de-chaussée (il y a un autre appartement au premier étage), et une cabane dans le jardin, à l'arrière. Le temps de déballer mes affaires, de présenter sa nouvelle résidence à Jean-Paul, et de faire une promenade de reconnaissance, il est déjà 19 h 30, heure à laquelle les deux hommes servent le dîner. Les autres résidents sont là, chacun à sa table : un homme ventru, soixante ans, cheveux gris, soigneusement rasé jusqu'entre les plis de son menton ; une femme de mon âge, brune, chignon strict, vêtue de noir, eye-linée de noir, d'une beauté évidente. Je tâche de concentrer mon attention sur les étagères de bois encombrées de bols à prénom et de bouteilles de vin, et chaque fois l'élégance acérée de ses manières, conjuguée au naturel de son rire lorsqu'elle discute avec les propriétaires, m'attire à nouveau vers sa lumière. Elle avale les rillettes avec plaisir, et nous conjure de regarder ailleurs quand elle recrache un minuscule caillou dans sa serviette. Jean-Paul, fidèle allié, ne perd pas de temps et abandonne son assiette de pâtée pour aller se ficher sur les genoux de l'inconnue, ravie de l'accueillir. Cette intrusion, et le vin (excellent) qui accompagne le dîner, brisent notre frilosité, et bientôt nous portons chacun notre assiette vers la table principale, où nous formons un groupe joyeux.

La soirée n'est pas avare en rires. Jean-Paul fronce le nez à chaque nouvelle odeur. Nos hôtes nous racontent leur vie à Paris, puis à Lyon, avant de filer s'isoler dans ce recoin de la Bretagne, où ils vivent un rêve quotidien. Ils se tiennent la main sous la table, après plus de vingt ans d'amour, ce qui m'émeut toujours. La jeune femme, Chloé (avec un accent aigu, insiste-t-elle en levant son charmant index), réalise des podcasts pour des institutions culturelles. Je lui demande, à tout hasard, si certaines de ses productions sont susceptibles de plaire à moi et à Jean-Paul, pour le trajet retour. Hilare, elle avoue que non, mais qu'elle aimerait mener un projet de cet ordre, notamment pour son chat, qu'elle a dû laisser à regret chez elle. Vient enfin le dernier visiteur, Angel, bel appétit, travaille dans une maison d'édition. C'est le dîneur avec lequel je sens le moins d'affinités, et il multiplie les compliments à Chloé, ce qui m'agace. C'est lui qui habite au-dessus de chez moi. Après le dessert, Thierry pose sur la table une bouteille de lambig (une eau-de-vie de cidre), avant d'admettre que, si son appartenance à l'industrie touristique bretonne ne l'exigeait pas, il tiendrait ce digestif le plus loin possible de ses armoires et de son gosier. La table se gondole. On sort donc le whisky et un alcool de prune. Généreux et curieux, je goûte à tous, et goûte à nouveau, par amour du travail bien fait. Je me couche tard, seul, sans Chloé que j'ai le souvenir flou d'avoir saisie au moment de nous séparer ; le plafond tourne, et j'ai recours à cette astuce qui n'a jamais fonctionné, je pose le pied bien à plat par terre pour que le monde se calme.

◇

J'émerge à onze heures, sans force ni appétit pour la journée. J'ai honte de ce que j'ai pu faire, et il me faut plus d'un siècle, et le tenaillement de la faim, pour oser me rendre dans la salle commune. Jean-Paul ronfle sur les genoux de Marcus, qui m'accueille avec un air courroucé et tendre de mère. J'ai été adorable et plutôt drôle, m'apprend-il, jusqu'au troisième digestif. Ensuite, catastrophe : blagues épaisses, sous-entendus graveleux à Chloé, bras de fer avec Angel, que j'ai accusé de tricher, etc. Quelle honte. Mes hôtes me pardonnent mais exigent que je fasse attention à ma consommation d'alcool tant que je serai chez eux, et me recommandent d'y prendre garde de façon plus générale. J'ai à peine l'énergie de rougir ; je transpire du cou. Thierry me propose un bol de riz blanc et un autre de soupe aux légumes. J'aimerais présenter mes excuses à Chloé, mais elle est partie ce matin, bien avant mon réveil. Quant à Angel, il a fini de déjeuner et fait une sieste. Je mange en silence pendant que les deux hommes font la vaisselle.

Le fort et la plage en contrebas sont battus par un vent aiguisé. J'y vais faire une promenade quand mes tremblements se calment. Dans le bâtiment militaire désaffecté cohabitent des inscriptions d'époque et des graffitis récents. Un cachot, fermé par une grille et privé de toit par les ans, abrite une enclume rouillée. Par les étroites fenêtres, la mer, verte, indifférente, mousseuse à mesure qu'elle approche du sable. Je descends les degrés de bois, jusqu'à la plage. Ça et là émergent des roches lisses ; très peu de coquillages. À une extrémité de la crique, l'eau s'insinue jusqu'au flanc pierreux, dans lequel elle creuse des rigoles et des grottes. Rien n'y vit, ou alors en secret. Le ciel est si gris, les traces humaines si lointaines. La solitude me désespère et me soulage ; c'est curieux. Je remonte en suant déjà. Avec la gueule de bois, l'effort me coûte. Depuis les hauteurs, je suis un moment la côte crénelée, en ménageant mes efforts. D'infinis bouquets de plantes piquantes escortent un chemin de terre claire. Le vent, toujours ; une légère bruine vient rejoindre les flots. À une fourche de la route, des indications sont gravées dans des pierres hautes et plates. Plus loin, je rencontre un banc, de la même concrétion grenue. J'y demeure un temps, dix ou cinquante minutes, rêvant de pouvoir pleurer, de vider mes nerfs. Dans ce désert d'épis couchés par le vent, de marcheurs solitaires, de rares chiens, j'entrevois ce que pourrait être ma vie en ces lieux : calme, liberté, et l'amitié des hommes comme une habitude dont il a fallu, à regret, se défaire.

À 18 h, je retrouve les chevaux du centre équestre. L'un d'eux, noir, haut et maigre, se presse vers moi comme si je portais une botte de carottes. Il se plante face à moi, attend quelque chose. Les chevaux m'inquiètent : je n'ai jamais appris à les connaître. Ils ont de trop grandes dents, et l'intelligence triste de leurs yeux me fait des reproches. Je le salue néanmoins, secoue la main sans l'approcher, et file dans mon terrier. Je m'allonge pour faire une sieste. Un cognement répétitif me rattrape au moment de sombrer. Je crois d'abord qu'on tape à la porte : j'ouvre sur rien, me frottant les yeux. Les coups tombent du plafond. J'hésite vingt minutes à monter voir Angel et lui demander d'arrêter son bazar, puis la lâcheté l'emporte. Qu'est-ce qu'il peut fabriquer ? On croirait qu'il joue avec une balle de tennis, ou qu'il tape un pied de chaise, ou qu'il se cogne le crâne contre le parquet de rage d'être lui-même. Quelle plaie d'être au contact de la société, même si elle n'est composée que d'un ! On n'est à l'abri nulle part. À table, nous dînons de hareng, de chou, de deux œufs mollets chacun, qu'en signe de bonne foi je n'arrose que d'eau pétillante. Chacun à sa table, puisque j'ai gâché, me signifie-t-on sans me le dire, l'expérience de la communauté. Angel mâche la bouche ouverte, ce qui me dégoûte ; je préfèrerais un fond musical pour ne pas l'entendre. Jean-Paul et moi allons au lit tôt, lui enroulé entre mes jambes, ce qui m'immobilise pour la nuit.

- 14 -

Trois jours passent, que je dépense en lectures, promenades sur le chemin côtier, et films d'épouvante dès que la nuit tombe. Ce sont les conditions idéales (maison isolée, territoire inconnu) pour apprécier des histoires de maisons isolées dans des territoires inconnus. Un soir, le vent fait claquer un volet pendant une scène angoissante : je bondis dans les draps, précipitant Jean-Paul hors du lit comme si on lui avait piqué le derrière. Un film, tourné en plan-séquence, me marque particulièrement : une adolescente se rend avec son père dans une ancienne propriété de famille, perdue au milieu des champs. Ils parcourent quelques pièces et souvenirs, dans une paisible fin d'après-midi d'Espagne. Le père s'endort avant le dîner dans un fauteuil du salon ; la nuit tombe. Des coups, des craquements à l'étage. L'électricité n'arrive plus ici. La petite tâche de réveiller son père, que rien ne perturbe. Elle part en tremblant à l'assaut des couloirs, précédée par le halo blanc de sa lampe-torche. Le reste est terrifiant ; la légende selon laquelle l'actrice est devenue à moitié folle après le tournage alimente le mythe. Le simple fait que son père ne se réveille pas de sa sieste, sans être mort, crée une dense impression de trahison. Seul hic : les bruits venus de la chambre du gros Angel, au-dessus, m'ont tour à tour tiré de mon immersion ou plongé trop loin en elle. Mon agacement contre lui croît à chaque heure. Partir si loin pour se faire emmerder par ses voisins ? Est-ce qu'il croit que sa comédie à table va m'attendrir ? Son souffle de buffle ? Sa façon de s'asseoir comme on s'écroule ? Son air dépité par lui-même ? Est-ce qu'il n'a pas choisi d'éviter les privations que les autres s'imposent ? De préférer les coups sur le plancher au silence de la maison ? Je le hais. Lui et ses odeurs, lui et ses lamentations silencieuses, lui et ses paupières d'enfant perdu quand on pose une assiette devant lui.

Aux trois repas de la journée, je le salue entre mes dents, alors que je lance des bonjours radieux à Thierry et Marcus. Je veux qu'il sente que je ne l'aime pas. S'il savait ce que j'ai vécu à Paris, ce que j'ai vécu avec l'aspirateur d'une vieille tarée, ce que je subis avec un psychopathe, la culpabilité lui ferait sauter un repas. Ce soir, au dîner, c'est farz : une potée bretonne de jarret, paleron, saucisse, sur un volumineux lit de choux et de carottes. J'aurais tout pour être heureux si Angel savait se tenir (ou s'il n'existait pas) : il aspire, suce, présente ses molaires au vent, passe la langue entre ses dents et sur ses lèvres. Chaque fois que je parviens à nouveau à me concentrer sur mon assiette, il trouve une façon de pincer mes nerfs, de bavures en clapotis. Gros lard !, je me hurle en l'observant, fasciné par l'abominable spectacle. Gros lard, gros cochon, gros tas, goinfre, bafreur, lardon, buffle, gras-de-joue ! Il fait du tourisme de gros ! Il voyage pour manger ! Tout me hérisse dans ses manières, et lorsqu'il en vient à se lécher le bout de chaque doigt en fin de repas, je ris à l'idée qu'il y retrouve l'appétit et finisse par engloutir une phalange, relevant vers nous son visage horrifié, coupable, dégoulinant de détresse. Si Jean-Paul s'approche de lui, à n'en pas douter pour lui chiper un peu de saucisse, je l'appelle avec humeur ; qu'il ne l'approche pas. Cet Angel met tant de soin à s'habiller, certains soirs, que l'atmosphère se charge. Je n'aime pas les dandys. Je les imagine devant leur miroir, à se peigner les poils de barbe et ajuster leurs moindres cheveux : je trouve ça ridicule. Quand l'homme n'est pas capable, par ailleurs, de prendre soin du reste de son corps, toute la démarche me paraît plus artificielle encore. Il faut avoir une idée derrière la tête pour paraître avec ce veston à motifs ou ce foulard de soie. Est-ce qu'il veut se faire croire qu'il sort pour une soirée de gala ? Est-ce qu'il veut plaire ? Se plaire ? Le résultat est grotesque. Il est évident qu'Angel guette notre réaction à tous les trois, quand il pousse la porte de la salle à manger. Plus encore au dîner. Aussi, son attitude vis-à-vis de nos hôtes me paraît trouble. Tantôt aimable, tantôt sec ; il les traite en amis un matin, en domestiques le midi. Ça me met mal à l'aise. Il réclame sans cesse des conseils, alors qu'il sort très peu, et doit se faire conduire s'il veut dépasser le centre équestre : ce pacha est venu sans voiture.

Tous les soirs, à minuit, j'entends hennir. Ce que j'ai pris pour un hasard le premier soir, et une amusante coïncidence le second, m'angoisse le troisième. Par la fenêtre, que je répugne à ouvrir en pleine nuit, je ne vois rien sinon l'éclat d'un collier, qui brille au loin. Le cri me perturberait moins s'il ne donnait pas l'impression d'être envoyé vers ma chambre. Contre le plafond, des coups jusqu'à une heure, deux heures. Excédé, je grogne à plusieurs reprises ; quand les bruits sourds reprennent, je braille plus fort, jusqu'à hurler Gros porc, Ferme-la, Tire-toi et autres douceurs. Rien n'y fait. C'est de la persécution. Je jette une chaussure sur le plafond, encore et encore. Soit c'est bien isolé, soit ce taré se fout de moi. Je vais lui parler. Quand je sors de chez moi, un éclairage automatique blanc et violent illumine la cour, la route, la clôture du pré où le cheval noir fixe notre maison. Comme la campagne peut passer, en ne changeant qu'un ou deux détails, d'un environnement sérénissime à un désert paranormal... Je patauge dans une mare d'émotions désagréables, où la peur de l'inconnu, de l'invisible, de ce que je ne comprends pas, de ce cheval mystérieux et insistant, côtoie la haine d'Angel, de sa mauvaise éducation, le malaise de devoir frapper à sa porte, la honte, la colère d'avoir honte, l'angoisse d'être poursuivi et persécuté. Où que je me trouve, quelque chose, quelque part, que les yeux humains ne distinguent pas, a décidé que mon existence serait agaçante, pas violente ni difficile, mais faite d'une infinité de pénibilités comme des gouttes de torture.

En grimpant l'escalier, je me projette la bande-annonce de notre explication avec Angel ; il ouvrira la porte, à moitié goguenard, et s'écartera pour me livrer passage vers sa chambre, où, hélas, il ne verra rien qui pourrait avoir produit ce bruit dont je me plains. Mais il brillera d'un sourire sournois, car il saura ce qu'il en est réellement, en tâtant le revêtement d'une balle de tennis qu'il cachera dans sa poche, ou en caressant le pied de chaise qu'il cogne sans arrêt contre le parquet. Sa chambre sera décorée de tentures, de miroirs à bulbes lumineux, de bougies d'opiomane, de penderies entrouvertes, dans lesquelles il puise à volonté de nouveaux ensembles à nous présenter le soir. J'insisterai, supplierai, et il ne pliera pas pour autant, il m'assurera qu'il n'a aucune idée, qu'il le regrette même, qu'il peut s'agir d'une fouine. Et je regagnerai ma chambre, où les bruits se poursuivront, toutes les heures maintenant, gagnant en fréquence et en intensité, avec la complicité des hôtes qui voudront aussi me voir partir. Je frappe.

- 15 -

Angel ouvre dans une ample robe de chambre aux cordons dénoués. Son expression surprise me donne envie de le cogner au visage. Son odeur douce, un peu laiteuse, me monte au nez. Il s'enquiert d'une voix voluptueuse de ce qui m'amène sur son perron ; les coups contre mon plafond, je lui réponds sans tortiller. Se dessine alors, sur ses traits, une bataille entre hésitation, honte, hostilité et panique. Un long soupir plus tard, il me présente ses excuses. En l'espace d'une seconde, toute ma rancœur s'est évanouie. C'est très difficile de haïr quelqu'un une fois qu'on l'a en face de soi. Pire encore quand il paraît triste. Je n'ai qu'une envie : le prendre dans mes bras et lui demander pardon d'avoir été si irritable, d'avoir hurlé contre le plafond, pardon pour mes vilaines pensées. Je n'en fais rien, mais quand il m'invite à entrer boire un verre, je le suis jusqu'au canapé de tissu, au centre de sa chambre. Il dévisse le bouchon d'une bouteille de Fernet-Branca en fixant un mur. « Je suis vraiment désolé de vous avoir dérangé », me dit-il d'un accent qui lime les consonnes, « il m'arrive d'être envahi par les fourmis, alors je les tape jusqu'à ce qu'elles disparaissent ». Cette explication ne fait pas partie de celles que j'avais envisagées. Angel est lecteur pour le compte d'une maison d'édition franco-espagnole depuis plus de vingt ans. Il lit des dizaines de manuscrits par mois, et indique aux éditeurs les textes qui, selon lui, présentent un intérêt. Il lui suffit de quelques pages pour savoir si une hypothèse de départ apportera au lecteur une dose suffisante de curiosité ou de frayeur, même si la première version n'est encore qu'une ébauche maladroite. Tant la renommée de la maison d'édition que la confiance qu'on lui porte ont crû avec le temps, si bien que sa charge de travail a augmenté de façon continue depuis vingt ans, au point qu'il doit, certains jours, lire jusqu'à quatre ou cinq tentatives, pour éponger l'intarissable flux de manuscrits. Angel attrape deux glaçons avec une pince, les plonge dans mon verre, et me tend un Fernet allongé au Coca. La pièce est jonchée de tapuscrits, de feuilles reliées sommairement ; de grandes ratures rouges, tracées d'un hémisphère à l'autre de la page, signifient les refus. Sur d'autres, des points d'interrogation, des annotations dans la marge. Pendant ces séjours loin de l'agitation, Angel envoie chaque matin un compte-rendu de ses lectures à son employeur : il retient moins d'un texte sur dix. L'apéritif, dont je n'ai jamais qu'aperçu la bouteille sur les étagères les plus inaccessibles des bars que je fréquente, se révèle amer, liquoreux, herbacé – frais et marié à une canette de soda, il a le goût d'un pli que je pourrais prendre. Je tâche de ne pas le boire trop vite, calant mes gorgées sur celles d'Angel. La maison d'édition (donc lui) reçoit de tout : science-fiction, sagas médiévalo-gothiques, romans d'épouvante, cannibalisme, pandémies, zombies, exorcismes, anticipation à dix ou mille ans, utopies gâchées, etc. Il lit de tout avec plaisir, même si les fables post-apocalyptiques l'ennuient un peu : on n'y croise en général rien ni personne, c'est le principe. Comment signifie-t-il son refus aux apprentis auteurs qui ont livré leur travail et leur intimité à son regard acéré ? Heureusement, me rétorque-t-il, ce sont les éditeurs qui s'en chargent ; lui se contente de donner un avis ferme et argumenté s'il le faut, puis les décideurs de la maison le suivent, ou non. S'ils envoient balader un manuscrit, ils écrivent à l'envoyeur, en tâchant de laisser échapper quelques gouttes d'espoir au milieu des raisons qui les empêchent de se projeter dans la publication du roman en herbe. Le recalé a trois mois pour venir au bureau récupérer sa copie ; sinon, le faible espace de stockage des locaux les force à le détruire. À quel moment sait-il si, oui ou non, il pourra apporter une réponse favorable au projet ? Après les trente premières lignes, me confie-t-il avec un sourire coquin. « Je lis le début, sonde le milieu, parcours la fin : et je sais. L'avantage, c'est qu'on ne peut pas vraiment me reprocher de m'être trompé, sauf quand un auteur à succès révèle qu'il nous avait envoyé son manuscrit trois ans plus tôt. Alors je viens au bureau avec le petit déjeuner, le lendemain, pour me faire pardonner ».

Des frottements, à la porte. Angel se lève, resserre les cordons et va vers la porte. Jean-Paul se précipite dans la pièce en miaulant, satisfait qu'on lui ait ouvert mais pas encore prêt à pardonner qu'on l'ait fait attendre. « Ça fait plusieurs nuits qu'il me joue le même tour » : j'avise Angel sans comprendre. Jean-Paul, depuis que je suis ici, attend que je sois endormi pour monter, gratter à la porte et se lover sur les genoux d'Angel pendant ses studieuses insomnies. Je n'en reviens pas. Je tends la main vers mon chat, qui consent à la sentir et s'y frotte un instant, avant de filer vers son nouvel ami. J'ai honte d'avoir été aussi intolérant envers mon voisin du dessus. J'ai honte de cette haine qui bondit hors de moi à la moindre occasion. J'ai détesté cet homme sans rien en connaître, je l'ai traité de tous les noms, j'ai souhaité qu'il disparaisse ou s'étouffe ; quand je le vois caresser mon chat avec douceur et lui murmurer quelques mots agréables, j'ai envie de laver ma conscience en lui avouant tout. Fidèle à mes valeurs de pudeur et de veulerie, je n'en fais rien. J'espère qu'il n'a rien entendu de mes abominables braillements depuis l'étage inférieur. Enfoncé dans un fauteuil club, Angel me demande si la présence de mon chat sur ses genoux ne me pose pas de problème : aucun, l'assuré-je. Il caresse sa moustache et la fait tourner entre ses doigts, geste que j'apprendrai à reconnaître comme émanation physique d'une pensée profonde. Il poursuit. Avec les années (il en a rencontré soixante-huit, jusqu'ici), sa vue a baissé, et les conditions d'éclairage dans lesquelles il a parfois dû remplir son office (trains obscurs, lampes blafardes) l'ont privé d'une partie de ses yeux. Il les porte bleus, vifs, capables d'ironie comme d'austérité, concentrés dans le sens premier du terme : ils se fixent sur leur objectif et l'étudient avec intensité, sans distraction ni déperdition. Sa grande intelligence ne fait aucun doute ; je me sens, à côté de lui, un peu idiot, et imagine qu'il peut, ou doit, me trouver idiot – si tel est le cas, il le fait avec une tendresse d'éducateur, sans moquerie. Chaque année, l'ophtalmologiste lui dresse un bilan moins encourageant, qu'il assortit de recommandations : choisir une liseuse, installer des sources d'éclairage franches, lire au maximum de jour, exiger des caractères typographiques de plus grande dimension, se restreindre à deux ou trois heures consécutives de déchiffrement, se masser la rétine avant d'aller au lit, et bien nettoyer ses pupilles au sérum physiologique. La plupart de ces consignes, Angel ne peut les appliquer ; son rythme de travail les rend irréalistes, comme le sont souvent les griffonnements des médecins. Il vit de cette façon tant qu'il le peut, et lorsque l'âge l'y obligera, il arrêtera de conseiller la maison d'édition et se réfugiera dans les livres audio. Le crépuscule marque déjà une pause obligatoire dans ses journées. Tout le temps que la lumière naturelle décline et laisse la place aux ténèbres, ses yeux ne peuvent faire le travail d'accommodation qu'il en attend. Il est forcé de lâcher ses documents et de penser à autre chose, en général à ce qu'il a lu dans la journée, en attendant la franchise de la nuit. Ne surnagent à son esprit que les pépites et les tentatives les plus minables. Ce sont aussi les moments où les fourmis apparaissent.

À la manière des tâches de rémanence que le soleil peut nous laisser sur le globe oculaire, de courtes silhouettes dansent dans les paysages d'Angel, sur les tapis et les murs. Ces fourmis ne sont qu'illusion, mon hôte le sait, et c'est pourtant en leur tapant dessus qu'il peut les faire partir. Combien de murs, de tapis, de draps il a dû battre, pour en chasser des insectes rêvés ! Au début, il lui était aisé de se répéter que ces bestioles n'existaient pas, qu'elles n'étaient que des taches d'œil. Elles le gênaient pourtant, trottant sur le fil tendu de sa concentration, jusqu'au moment où il était forcé de sortir prendre l'air. Aujourd'hui, au risque de paraître fou, et il ne le paraît pas souvent car il vit seul, il préfère les écraser ; au moins, il en est débarrassé pour un temps. Ce sont des coups que j'ai entendus contre mon plafond, et il en est navré. Il espère que je ne le prendrai pas pour un dingue, et jure qu'il fera attention ; qui aurait pu savoir, ajoute-t-il, que les parois étaient si fines. Je ne dis rien, mais me fais la remarque que n'importe quelle habitation commune, même soumise aux normes d'isolation les plus strictes et équipée des plus récents matériaux, laissera filtrer le son d'une paume s'abattant sur un parquet. « Le Fernet vous plaît ? », s'inquiète Angel, qui regrette de n'avoir rien de mieux à m'offrir. Je le remercie, et lui promets d'y devenir dépendant dès mon retour à Paris.

Jean-Paul s'étire sur les genoux de mon nouvel ami, puis se roule à nouveau contre Angel, la truffe dans ce que j'estime être son nombril. Je n'ai même pas envie d'être jaloux, je suis content pour eux. Le considérant, Angel me raconte une histoire qu'il a lue il y a quelques jours : un couple, parfait sous tous rapports, emménage dans une maison de campagne. Ils sont amoureux des chiens depuis longtemps, mais leur vie en appartement ne leur permettait pas d'en accueillir un. Dans la grande maison, tout devient possible : il se rendent tous les deux au refuge le plus proche, et en ressortent avec un border collie âgé de quelques mois, une bête fidèle et capable d'harmonie. Pendant un temps, la famille nage de délice en délice. L'été se prolonge, dans ses parfums de fruits et d'herbe coupée. Le chiot, drôle et obéissant, s'amuse de tout. Les soirées fondent en promenades dorées, en cabrioles du jeune chien et remarques attendries des parents. Le collie s'attire l'amitié d'un chat voisin, au pelage blanc taché de roux ; leurs jeux et couleurs se mêlent à chaque promenade. Les deux animaux se câlinent, dorment ensemble ; personne ne vient réclamer le chat, qui porte au cou un médaillon trop usé pour être lu. Un jour, le chien perd la vue, à gauche, puis des deux yeux. Le vétérinaire établit le diagnostic sans pouvoir y trouver aucune explication, moins encore de traitement. Le couple pleure des nuits entières. Le chien se tient éloigné quelques jours de son ami et dort seul sur le carrelage de la cuisine. Les époux s'agacent contre le chat, qu'ils trouvent au matin seul dans le panier, et accusent sans oser le formuler de l'inexplicable maladie de leur chien. Puis le rituel de la promenade reprend : le border collie, habitué par nature à repérer et guider les troupeaux dans la montagne, se sert de son ami comme d'une petite balise, suivant son odeur et ses mouvements entre les buissons. Comme tous les espoirs, celui-ci est veiné de chagrin ; le chien aveugle trottine, hésite, et son ami se retourne avec patience. Sans coup de semonce, Angel envoie son énorme main contre le mur le plus proche, et lève les mains en signe d'excuses : des fourmis, à coup sûr. Il reprend. Le mari commence à se réveiller plus difficilement. Sans en connaître la cause, il se réveille les yeux rougis, bâille tout le jour, fait des siestes. Des torrents de pluie emportent le jardin et ne laissent qu'un champ de boue. Les nuits d'orage, des éclairs dessinent depuis la pendule ou les vieilles bergères du salon des ombres malsaines. La jeune femme s'éveille une nuit et trouve le chat, que les plis du drap ou le bombement de l'oreiller dissimulaient jusqu'ici à sa vue, en train de chuchoter, dirait-on, à l'oreille de son époux, au point de le faire remuer au cœur du sommeil, de lui faire venir des rêves troublants dont il ne conserve aucun souvenir. Elle le chasse d'un geste rageur et lui interdit la maison. Dans la boulangerie du village, elle passe une annonce pour trouver le propriétaire du chat. Personne ne se manifeste. La bête bannie surgit plusieurs fois, profitant de la moindre fenêtre ouverte, pour susurrer à l'oreille de l'homme et terminer sa nuit contre le chien infirme.

À ce stade du récit, je demande à Angel s'il a retenu ce texte. Il me fait signe de patienter : il me le révèlera à la fin. Le simple fait qu'il l'ait lu avec autant d'attention me donne un indice, mais je n'en dis rien. J'ai fini mon verre ; mon hôte poursuit en dévissant le bouchon du Fernet, qu'il couronne ensuite d'une maigre épaisseur de soda. Quoiqu'elle fasse, la jeune propriétaire voit toujours reparaître le chat. C'est une bête souple et discrète. Son sommeil devient léger ; elle guette les ombres dans le lit, et secoue les draps quand elle croit apercevoir l'intrus. Lorsque le réveil sonne, un matin de décembre, l'homme n'est pas dans le lit. Nulle part dans la maison. Le chien couine et cherche du nez et des oreilles, sans rien trouver. Depuis le hublot de la cuisine, on voit le jeune homme marcher vers la maison, hagard, en pantalon de pyjama, les pieds nus. Le phénomène se répète ; chaque fois, le somnambule s'enfonce un peu plus loin dans la forêt qui borde la propriété, dans la même direction, et reprend conscience parmi les troncs. Le collie accueille désormais le chat avec agressivité, aboyant dès qu'il le sent. La jeune femme s'use en tentatives infructueuses ; si elle ferme la porte à clé, l'homme la trouve et s'enfuit ; si elle le suit, il bifurque et la sème dans les bois. Après un mois, l'époux confie à sa femme que ses errances semblent terminées, puisqu'il se réveille depuis une semaine devant le même vieil arbre, aux branches arthritiques, sous lequel des pattes griffues ont creusé une galerie ou un repaire. Le couple bat la forêt mais ne retrouve jamais l'endroit. Trois jours plus tard, l'homme a disparu et son épouse en larmes se rend au commissariat, même si elle sait qu'elle n'y obtiendra aucune réponse. Le chien meurt un mois plus tard. Elle vit encore soixante ans, sans l'un ni l'autre. Angel boit une longue gorgée. Alors, qu'en pensez-vous, demande-t-il en se tournant vers moi.

Dans la mesure où je lis peu, mais apprécie les films d'épouvante, je préviens Angel que j'évalue l'histoire comme un scénario. Ça lui convient. J'ai peur de dire des idioties ; je me concentre un instant. L'environnement (un couple heureux, une maison isolée, la dégradation de leur sommeil et de leurs relations, les aboiements du chien), je le trouve attendu, et néanmoins efficace. Je ne refuserais pas un film au motif qu'il met en scène une situation initiale déjà vue, mais il m'en faudrait beaucoup pour être surpris. De la même façon qu'on attend beaucoup des films de possession depuis *L'Exorciste,* et qu'il faut du génie pour nous surprendre avec du *found footage* à la *Blair Witch.* Ce n'est pourtant pas impossible, et l'épouvante fonctionne beaucoup par hommages, me semble-t-il. *Amityville, La Dernière Maison sur la gauche, Ils, The Strangers, Eden Lake* et même *L'Orphelinat* : chacun apporte une nouvelle pierre à l'édifice de la famille heureuse bientôt détruite. Angel approuve en ajustant sa moustache. Le chien m'intéresse, car il remplace ou figure, en un sens, l'enfant du couple, cette figure tendre et fragile qu'on a beaucoup vue en première victime (*Simetierre,* Stephen King) ou parmi les rares survivants (*The Shining,* idem). Seulement, le chien possède une force et des sens plus aiguisés, et un vocabulaire limité pour nous communiquer ses craintes. L'irruption du chat, pourquoi pas : je trouve dommage qu'on ait toujours recours à cet animal pour suggérer le maléfice et les intentions sournoises, dissimulées sous un pelage très doux. Je désigne Jean-Paul, innocent mammifère, qu'aucune haine n'anime, sinon celle du bruit et de l'agitation. L'idée, par contre, d'un animal de petite taille, agile, qui trouve toujours un moyen de faire intrusion dans la maison, fait dresser les poils sur mes bras. Comme le singe de Poe, me lance Angel, et je secoue la tête pour lui signifier qu'il a trouvé juste avant moi les mots qui allaient sortir de ma bouche. Ainsi donc, le gabarit du chat me semble plus inquiétant que le chat lui-même. L'intrusion, donc, répète mon hôte en jouant avec les cordons de son large peignoir. Puis : je suis d'accord. Enfin, s'il faut tronçonner l'histoire en chapitres, j'aime l'intrigue de la forêt, pour la simple et bonne raison que les forêts, la nuit, seront toujours inquiétantes. Je n'ai rien contre la répétition de ce côté-là. Le silence, l'obscurité, les animaux qui y règnent : personne n'a envie de traverser un bois quand le soleil est couché. Si deux ou trois tertres de pierre, ou cabanes perdues, ou figurines de brindilles y traînent, c'est encore mieux. Je me questionne sur l'apparente indolence du compagnon, du moins sa résignation : on croirait que toute la volonté de se sauver de la malédiction réside dans sa femme, et que lui se contente, en spectateur, de lui narrer ses errances. Personne ne se comporterait ainsi. Il faut lutter un peu contre son sort, même s'il se joue en état de conscience altérée. Se menotter au radiateur ou je ne sais pas quoi. Voilà, c'est à peu près tout, je conclue en levant les yeux vers Angel.

Je suis d'accord avec vous, me répond-il. L'intrusion du chat, sa capacité à se glisser dans la maison comme dans le bonheur des amoureux, est la principale source d'angoisse. Tout ce qui l'entoure, la malédiction, l'arbre, exige une réflexion plus aboutie. Les références que j'ai mentionnées, il ne les connaît pas toutes ; je lui prêterai les films dès demain, dis-je avec la générosité que l'alcool offre à beaucoup. L'homme est un animal territorial, continue Angel. C'est cette crainte de l'invasion qu'on ne peut pas repousser qui fait frémir. Elle transforme chaque fenêtre, chaque porte, la cheminée, le trou des toilettes en menace. Comme Franck quelques jours plus tôt, Angel me soutient que la terreur véritable se niche dans le quotidien, que c'est le grand talent de Stephen King : c'est là qu'il est à son meilleur, me garantit Angel, quand il sait faire des éléments les plus quotidiens (comme un robinet, mais aussi une voiture ou un chien) les véhicules du malheur. On ferme le livre et on se méfie de tout : l'auteur a gagné. Angel ajoute qu'il trouve du charme dans l'idée du chien devenu aveugle, avec tout ce qu'il symbolise : le meilleur ami de l'homme, gardien loyal, perd son pouvoir de protection. La cécité d'un chien, c'est un peu contre nature, on ne s'y attend pas, on les croit indestructibles, surtout un fidèle chien de berger. Ça induit l'idée qu'on ne peut avoir confiance en rien, ce qui lui paraît capital pour la suite. L'intrusion, effectivement, et il reste ainsi, pensif, mon chat sur les genoux. Oui, il l'a retenu, me dit-il après une minute de silence.

Une longue conversation nous mène jusqu'à trois heures du matin. Angel me demande à quoi j'emploie mon temps, et je l'interroge sur sa vie professionnelle. Il a été danseur de son adolescence jusqu'à ses trente ans, dans des troupes locales ou pour des vidéos musicales. De son propre aveu, il était plus rigoureux qu'il n'avait de talent, et c'est précisément ce que les sociétés de production cherchaient : un danseur qui arrive à l'heure, ne fait pas de caprices, et suit les consignes. Quand il a commencé à éprouver une lassitude pour ce milieu, il s'est lancé dans l'écriture d'un énorme roman de science-fiction : les allocations de retour à l'emploi et ses économies lui ont permis de persévérer pendant deux ans. Le gargantuesque manuscrit, dans lequel Angel créait toutes sortes de tribus spatiales, de vaisseaux en forme de ci ou de ça, de guerres pour des territoires flottants, n'a trouvé que des portes fermées. Un éditeur seulement a accepté de le recevoir, pour lui faire part de ses retours éclairés, et l'aider à progresser : vexé à mourir, le jeune auteur, qui connaissait bien la maison, a démontré à l'homme d'expérience qu'il savait ce qui faisait qu'un roman fonctionnerait ou non, qu'il savait ce qui avait plu dans tel livre (il le pointait du doigt), tel autre (il l'attrapait sur le bureau), tel autre encore (il le désignait sur une étagère). Impressionné par son expertise, et toujours pas par sa plume, l'éditeur conserva le souvenir de cet entretien pendant longtemps. Jusqu'au jour où la maison se mit à peiner, que son flair s'émoussa, et alors l'éditeur eut l'idée d'appeler Angel pour lui proposer une mission pour le moins inattendue : nez, non au sens de l'artisan parfumeur mais en tant que lecteur truffier, capable de détecter, entre mille merdouilles et sous les errements du style propres à tout auteur novice, le texte qui décrochera la timbale, prix chic, ventes en trajectoire d'avion au décollage, traductions et adaptations pour le cinéma, le théâtre, ou au moins la télévision. Bruit de ballon percé en provenance de Jean-Paul ; il est entré dans la phase la plus profonde de son sommeil de chat. Mon ami suit des yeux une colonie imaginaire sur le plancher, que je m'empresse de couvrir du pied pour qu'il ne réveille pas le petit animal.

Poussé par le remords et le Fernet, je m'ouvre grand à cet homme qui m'était jusqu'à peu inconnu. La honte de l'avoir insulté, l'idée aussi qu'il a dû subir les railleries et les injures d'obscurs intolérants comme je peux l'être, me poussent à lui faire don de ma confiance comme si elle était un cadeau. À l'imaginer danser, dans sa jeunesse, je lui découvre une grâce que mon étroitesse d'esprit m'avait jusqu'ici celée. Comment les mots gros lard et sale tas ont-ils pu me bondir à l'esprit en le voyant paraître au dîner ? Je me figure Angel enfant, adolescent, jeune adulte, et je déborde de tendresse. Tous les hommes sont passionnants, me convaincs-je dans la joie de l'instant. Ainsi donc, je lui confie mes déboires parisiens, la vieille folle de la rue Duperré et son aspirateur maudit, la guerre désormais avec Pétain, le fou d'en face, son laser, ses petits mots dans le hall, l'échaffaudage, les trous dans ma fenêtre... Il reçoit mon histoire sans réagir, caressant tour à tour ses poils et ceux de mon chat. Quand j'ai terminé, il met ses pensées en ordre et me dit à peu près ceci : « Lui avez-vous déjà parlé ? Non ? Il faut que vous lui parliez. Je crois que nous, êtres humains, sommes faits pour nous haïr, précisément parce que nous sommes faits pour nous aimer. Et nous avons tellement soif de rencontrer, de fraterniser, de serrer dans nos bras, que nous sommes d'autant plus blessés par les petites contrariétés de la vie quotidienne, et nous voyons de profondes déceptions où, simplement, se trouvent des incompréhensions, des hommes et des femmes pressés, ou des silhouettes inquiétantes. Bien sûr, on trouve des fous, des brutes, des monstres, des âmes perdues ; mais le plus souvent, nos voisins ne sont que des enfants à qui on a promis la douceur et la vie en communauté, qui sont perdus parce qu'ils ont peur. C'est en ouvrant les bras pour enlacer quelqu'un qu'on est le plus vulnérable, la poitrine dégagée. Alors on se referme, on se protège, et c'est un long cercle vicieux. On devient moins bon, on est moins prêt à aimer et à aider, on se met, après avoir espéré de chacun, à craindre tout le monde. Je serai de toute façon déçu, se dit-on, et on rentre dans sa coquille. On a trop pris de coups et de petits refus pour se laisser aller à ouvrir encore les bras. On commence par l'agression, et parfois le dénouement est heureux, si l'autre nous reçoit avec sérénité : ce sont les rares, les minuscules moments où l'on croit à nouveau à la communauté. On en frétille toute la journée, n'est-ce pas ? Oui ? Vous avez lancé une balle de tennis au lieu d'aller trouver votre voisin. Soit. Il a répondu, et depuis c'est l'escalade, car vous vous prêtez, l'un à l'autre, une personnalité maléfique et venimeuse. Vous êtes persuadés que l'autre veut vous détruire, alors qu'il ne fait que se défendre à chaque fois un peu plus. En vous parlant, en vous trouvant face à lui ; vous lirez dans ses yeux le doute, et lui la timidité dans les vôtres ; vous imaginerez le geste qu'il fait pour se coiffer, et lui s'émouvra de votre façon d'agiter les mains en parlant ; l'enfant en lui se trouvera face à l'enfant en vous, tous deux prêts à s'aimer à nouveau. C'est impossible de haïr quelqu'un, une fois qu'on le connaît. À de rares exceptions près. »

La bouteille de Fernet est vide ; Angel attrape deux bières dans le réfrigérateur et m'en tend une. Il disparaît dans la chambre et revient avec un carnet de croquis, qu'il me tend. Dites-moi ce que vous voyez, m'interroge-t-il en me faisant signe de parcourir le bloc. Des bancs, réponds-je tranquillement, en découvrant avec stupeur son talent de dessinateur. Des bancs publics de toutes sortes, de bois, de fonte, de fer, à simple ou double assise, scellés au sol, déboulonnés, décloués, biscornus, éventrés. Avec pour seul point commun qu'ils sont figurés de dos. La plus grande partie des croquis est réalisée au crayon à papier ; sur certaines pages, de l'aquarelle fait vibrer la mer ou dore les nuages. Partout où je passe et reste un peu, m'explique-t-il, je choisis un banc, le plus anodin possible, dans un environnement calme ou agité, ça peut être une place, ça peut être une mer, et je le reproduis dans ce carnet. Je trouve ça magnifique, un banc public. Désert, c'est très triste : on a l'impression que la Terre s'est vidée des hommes. On s'approche et on observe la peinture qui s'écaille et les traces de fiente. Ce sont les premières images qui viennent en tête, quand on imagine la fin du monde : des routes sans voiture, des balançoires immobiles, des bancs abandonnés. Quand ils sont déserts, ils sont incomplets, ils sont sans vie. Mais quand quelqu'un s'y assied, est-ce que la joie apparaît ? Parfois. J'y ai croisé des amoureux, l'un allongé sur les genoux de l'autre, en train de graver leurs initiales dans le dossier. J'ai vu du bonheur, des baisers, des retrouvailles, des caresses, des visages tournés vers le soleil, des rires en lisant le journal. J'ai vu des inconnus s'asseoir à côté d'inconnus, en demandant prudemment la permission, puis engager la conversation et se sourire en se quittant. Il ne faut jamais oublier cette beauté. À l'inverse, on trouve des femmes et des hommes qui grelottent, qui pleurent, qui attendent des fantômes, qui s'ennuient, qui se disputent avec eux-mêmes, qui ne veulent pas rentrer chez eux, ou qui dorment là. À peu d'endroits nous sommes aussi égaux que sur un banc. Un jour, il y a très longtemps, je me suis assis dos à un homme, à Paris, et j'ai entendu qu'il pleurait. Je lui ai demandé si je pouvais faire quelque chose pour lui, même si j'étais angoissé à l'idée qu'il m'insulte ; on n'aime jamais se montrer tout nu, surtout à un étranger. Au contraire, il a tendu la main à travers sous le dossier de bois, et m'a demandé si j'acceptais de la serrer, il ne désirait rien de plus. Je l'ai prise, et je l'ai serrée, longtemps, peut-être deux ou trois minutes, et je me suis levé, et je lui ai promis que tout irait bien. Il a voulu savoir comment je pouvais en être si sûr ; c'était évident, je lui ai dit, parce qu'il m'avait fait tant de bien en me serrant la main de cette façon, lui aussi, que le hasard s'arrangerait pour mettre de belles choses sur sa route. Je ne suis pas un grand croyant, je n'ai pas d'opinion sur le destin et ces choses, mais sur le moment ça m'a semblé très clair, que des événements pleins d'espoir l'attendaient au coin de la rue. Évidemment, je ne l'ai jamais revu, mais on n'oublie pas ces rencontres. Tiens, il est... Là, voilà, c'est lui sur cette page.

La nuit est bien entamée quand nous décidons d'aller nous coucher. Le contact physique ne me passionne pas, lorsqu'il s'agit d'amis de mon cercle le plus intime ; avec des connaissances lointaines, je l'ai en horreur. Pourtant, à quelques minutes de l'aube, ivre de cette rencontre, gorgé d'amour, je saisis Angel à pleins bras et le presse contre mon torse, tel un ami très ancien que j'aurais à l'instant perdu puis retrouvé. Jean-Paul se frotte contre nos jambes. C'est, en un sens, ma première communion, au sens le moins religieux qui soit.

Le lendemain, je me rends en voiture à Camaret-sur-Mer, guidé par une soif passagère de ville, même de faible ampleur (2500 habitants au recensement de 2015). Je parviens à me figurer l'ambiance à la pleine saison, comme on fait danser le passé en scrutant une vieille photographie. Le front de mer en façades de couleur, les restaurants de moules, les hurlements des mouettes au-dessus des petits crabes frétillant sur la plage, les châteaux et les pelles, le son sec des raquettes, les pleurs d'un enfant qui fait tomber sa glace. Aujourd'hui, morne plaine. La mer s'est retirée du sable noir et laisse paraître un champ de coquilles brisées et de papiers flottants. Sur les devantures délavées des commerces, flottent au vent les menus de la saison passée, piteux drapeaux d'un pays battu. Au terme de la jetée, fouettés par l'iode, les emplacements d'une fête foraine. Quoi de plus triste qu'un manège sans rire ? Je me réfugie dans un bar-tabac, seul clignotement d'électricité dans l'air. Un homme m'accueille, qui répond à mes questions par des mouvements du menton. Il enveloppe chacun de ses verres d'un torchon sec, et les essuie sans rien regarder, sinon l'intérieur de lui-même. Je risque un appel léger qu'il n'entend pas. Après cinq minutes, il s'approche, portant une carte des boissons ; je commande un café serré et un verre de limonade. Je me suis fixé pour règle de ne pas boire seul, même si la température, l'heure et l'endroit m'y encouragent. C'est un rempart que je place entre moi et l'alcoolisme, dont je me figure qu'il ne frappe que les buveurs les plus matinaux et solitaires.

Ma consommation hebdomadaire est bien supérieure à ce que le ministère de la Santé recommande, certes, mais je ne bois pas sans ami, et jamais le matin. Le gérant bourru pose la tasse de café et décapsule la bouteille de limonade. J'ose un commentaire vague sur le temps, à quoi il répond par un grommellement. Je ne trouverai pas de quoi étancher ma soif de fraternité ici.

◇

Le dernier soir, comme tous les autres, le hennissement retentit à minuit. J'ouvre la fenêtre et remue le bras pour faire jouer l'éclairage automatique. Le cheval noir est tourné vers moi. J'allume la lampe de mon téléphone et m'approche à pas lents. La lumière violente, dans mon dos, rase le champ et joue sur la robe de l'animal. Décidément, je n'aime pas ces bêtes. Trop grandes, trop d'odeurs, trop de dents. Et cette luisance au fond de l'œil, tant d'intelligence retenue dans ce corps sans mains. Pourtant, j'approche, arrache à la pelouse quelques brins et les tend à la large bouche, présentant ma main bien à plat, pour éviter une inutile section. Le cheval souffle et me décoiffe ; on croirait un film. Je n'ai pas peur de toi, je mens au cheval. Il se fout de ce que je raconte et abat son énorme lèvre sur ma paume. Adieu, tu es tout de même très beau, je lance ensuite à cet animal – ce coq déréglé qui sonne la pleine nuit au lieu du jour. Je me tourne et considère la maison de Marcus et Thierry. Dans la salle à manger brille la douce lumière d'une veilleuse. C'est la dernière fois que je vois cette veilleuse à cette heure-ci. Jean-Paul n'est pas dans la chambre. Je monte frapper chez Angel, qui rabat en ouvrant la porte les pans de sa robe de chambre. Le chat passe entre ses jambes et colle son museau à mes chaussures, flairant la terre et le crottin. Je le prends dans mes bras ; il frotte sa gorge et ses oreilles très douces contre mon nez. Angel passe la main sur le sommet de son crâne. Au revoir, nous dit-il à tous les deux. Mon ami me fait signe d'attendre et revient avec une feuille volante. Un dessin de deux hommes, l'un plus épais que l'autre, sur un banc de bois. À leurs pieds, un ravissant chat qui se tord pour se lécher l'aisselle. Au fond, la silhouette du vieux fort que j'ai vu le premier jour. Une très forte émotion m'empêche de parler pendant quelques secondes. Je remercie d'une voix enrouée. Je suis presque sûr que nous nous reverrons, me dit mon ami avec un sourire de voyante. Je caresse le bord de la feuille pour contenir mes larmes. J'aurais adoré vous voir le dessiner, je murmure. À force de scruter les planches de bois, les pieds du banc, les visages des personnages, je remarque une certaine imprécision, ou évanescence, des contours. Angel, je peux vous poser une question ? Bien sûr, bien sûr. Les traits sont plus... flous que sur vos dessins, n'est-ce pas ? Je savais que vous le remarqueriez ; ce n'est pas un paysage, c'est un reflet. Un reflet dans quoi ? C'est à vous de décider, c'est pour ça que je vous l'offre ; sur la surface d'un lac, sur une lame, une vitre quand il fait nuit. Je n'ose pas lui dire que je donnerais tout pour passer la nuit à boire du Fernet et parler avec lui ; peut-être n'ose-t-il pas non plus, ou alors il est fatigué.

- 16 -

Qu'est-ce que le retour dans mon appartement me réserve ? Boîte aux lettres éventrée, serrure fracturée, fenêtre de la chambre battant au vent, murs salis d'insultes ? J'ouvre la porte d'entrée au ralenti, et – rien du tout. L'alarme clignote en paix, les volets sont fermés, nul autre changement dans mon environnement qu'une fine couche de poussière, logique, équivalant à une période de six jours sans apport d'air frais. Par acquit de conscience, j'ouvre l'armoire de la chambre, inspecte les placards de la cuisine, m'assure que mes papiers sont bien vivants. Quand tout est en ordre, j'ouvre à mon Jean-Paul miaulant la zipette de son panier-cage ; il file flairer chaque recoin de l'appartement, comme s'il pouvait s'agir d'une nouvelle maison. Je fais entrer un peu d'air en dépiautant les quelques enveloppes parues en mon absence : celle où mes nom et adresse sont manuscrits m'attire plus que les autres, en raison – probablement – de souvenirs anciens de cartes postales adressées en août par mes camarades ; aujourd'hui, ce ne sont plus qu'invitations à des mariages (perdus au fond du Périgord, au creux de l'Ardèche, partout pourvu que l'accès en soit pénible) et faire-parts couverts de petites fleurs, petits animaux, petites photos, que je fais basculer dans la poubelle sitôt ouverts. Pourtant, contre toute attente, je tire de l'enveloppe ces mots :

Cher voisin,
Je suis persuadé que notre bataille de tranchées pourrait durer longtemps encore : comme j'espère l'avoir prouvé, je ne manque ni d'énergie ni d'idées quand il s'agit de me défendre – et je vous reconnais les mêmes qualités. Toutefois, d'autres devoirs m'appellent, qui exigent de moi une disponibilité absolue. Ainsi, je vous propose que nous nous rencontrions chez moi ce jeudi, à 19 h 30, pour poser ensemble la première pierre d'un traité de paix. Code d'entrée : A33B. Sonner à B. Groin. Venir sans armes.

La paix, enfin, et réclamée par lui : je suis aux anges. Pour ne rien gâcher, il semble tenir l'humour en haute estime – heureux dénouement ! Jean-Paul se projette sur la table d'un bond et renifle l'enveloppe en retroussant ses petites narines. Je lui explique de quoi il retourne, et mon chat secoue la tête de gauche à droite, comme s'il me disait non, non, non. Puis il envoie valser une boule de papier, s'enroule sur un set de table pour une sieste, et je me souviens que ses gestes n'ont pas nécessairement un sens. Je lui fais signe de venir plutôt sur mes genoux, plus chauds et confortables : il obéit de bonne grâce et s'endort en ronronnant comme le moteur d'un minuscule bateau.

◇

Mercredi après-midi, toute la France apprend que le mystérieux tueur à la perceuse a de nouveau frappé. Campo-Formio, l'avant-dernier arrêt de la ligne 5, avant la place d'Italie. Un peu avant onze heures, sur le quai désert de la station, le criminel s'est approché d'un homme de 21 ans, stagiaire dans un office notarial, et lui a percé le tympan droit. Les deux autres voyageurs à quai ont à peine eu le temps d'entendre les hurlements de la victime que l'agresseur avait déjà disparu dans les escaliers. Ils ont appelé les secours à la borne d'urgence ; sans réponse, ils ont escorté le blessé jusqu'au guichet, à la surface. Il a été pris en charge par les urgences de la Pitié-Salpêtrière huit minutes plus tard. Son pronostic vital n'est pas engagé, mais il doit subir dans les jours à venir une greffe de tympan, sous peine de ne plus jamais entendre de l'oreille blessée. Plus grave encore, le bas de son visage est en partie paralysé, et ce sans espoir de guérison ; le nerf facial, qui circule à travers le sinus, a été endommagé par la perceuse. Le chef de service, interrogé par la télévision, se dit cependant soulagé que ni la veine jugulaire ni l'artère carotide n'aient été touchées. À partir de seize heures, les chaînes d'information en continu diffusent les images des caméras de surveillance. Toujours dos à l'objectif, une silhouette en long manteau noir se dirige vers le jeune homme, à l'extrémité du quai. La scène dure quelques secondes ; le criminel sort une arme de son manteau, attaque, et file par la sortie la plus proche. La victime porte la main à sa tempe et s'effondre. Elle est en état de choc et n'a pas encore été interrogée. La station est fermée par des bandeaux et gardée par des agents de police. La nouvelle commissaire en charge de l'enquête, une femme de petite taille, dont chaque phrase sonne comme une sentence de mort, déclare avoir pris connaissance de tous les éléments de l'enquête, et affirme que le déséquilibré, malgré l'apparence aléatoire des attaques (lignes, arrêts, profil des victimes), est un homme organisé : en atteste la précision avec laquelle l'assaillant a atteint le canal auditif, ainsi que sa connaissance parfaite des stations choisies, depuis l'emplacement des caméras de surveillance à la proximité des issues. Elle conclut son allocution en fixant un objectif parmi tous ceux qui sont pointés sur elle, celui de la première chaîne d'information française : nous mettrons fin aux agissements de cette brute dans les jours qui viennent, affirme-t-elle sans cligner des yeux. Les terribles séquelles de la victime, ajoutées à la terreur ambiante, redonnent du souffle à la vindicte populaire. Le trafic souterrain s'effondre à nouveau, et l'engagement des citoyens reprend, avec rondes de surveillance et matraque sous le manteau. Ni la police ni les milices ne parviennent à repérer une piste sérieuse ; au mieux, on traque des marginaux ou des sans-abri, dont personne ne se demande ce qu'ils feraient avec une perceuse, pourquoi ils ne l'auraient pas vendue sitôt acquise, ou quelle source d'électricité ils utiliseraient pour la maintenir en état de marche. Six hommes et une femme sont arrêtés avant d'être relâchés, lorsqu'on comprend qu'ils sont bien trop occupés à survivre pour penser à tuer.

En quittant l'agence, je passe par une cave à vins réputée pour son bon goût, rue du Faubourg-Saint-Martin. J'y choisis une bouteille d'un excellent champagne, peu célèbre encore par le nom mais dont la réputation enfle chaque jour : c'est en tout cas ce que le vendeur, un homme ventru et convaincant, me garantit. À 19h42, je sonne à Groin, le cœur gorgé d'espoir et les mains moites. Jusqu'à ma rencontre avec Bastien Groin, je me suis targué de savoir cerner les gens, même si je ne les croisais que quelques minutes. Les cafardeux derrière les rigolos, les mal assurés sous les séducteurs, les colériques en embuscade, pas un, selon moi, ne pouvait se dérober à ma perspicacité. Mon voisin et hôte ouvre la porte en chemise blanche, glissée dans le pantalon mais tire-bouchonnée aux manches, et jette vers moi une main radieuse. Bonsoir, lance-t-il, et il envoie en l'air ses prénom et nom, ses petits émissaires vocaux, laissant ensuite le vide s'épanouir jusqu'à ce que je le remplisse de mes émissaires : alors, je peux entrer. Bastien Groin se révèle, dès le premier instant, enthousiaste, charmant, un homme généreux dans la conversation, non par peur du vide mais par amour de l'échange. Un homme, aussi, qui ne force pas ses invités à enlever leurs chaussures à l'entrée de l'appartement : me déchausser chez autrui me donne toujours la sensation de révéler une part de mon intimité, même s'il ne s'agit que d'un bout de chaussette – et, à l'idée de ne pas pouvoir partir en courant si je le souhaite, mes orteils se crispent.

Je craignais une certaine gêne, du moins pendant les premières minutes ; c'était sans connaître Bastien, qui attrape mon manteau, le jette sur une banquette dans son dos et me conduit d'une main engageante vers ce salon que j'ai épié avec tant de crainte. Il avise l'étiquette de la bouteille que j'apporte, sourcils froncés, avant d'éclater de rire en précisant qu'il n'y connaît rien, mais que le nom sonne très chic. Il me laisse seul une seconde. L'appartement sent bon. Les responsables, à mon avis, sont au four. Devant moi, une mer étale de guacamole, verte et lustrée, et tout un assortiment de chips qui se tiennent prêtes à plonger. Bastien reparaît avec deux verres à vin et un bol de petites gougères chaudes. Je me surprends à glisser d'aise dans mon fauteuil. Il m'observe avec l'attitude goguenarde d'un grand frère chargé par nos parents de me sermonner, et qui ne compte rien en faire. Bastien Groin travaille dans l'industrie vidéoludique depuis sa venue au monde professionnel, dans un studio français. Son imaginaire, nourri des contes de Tolkien dès l'adolescence, l'a mené vers le métier de *character designer*, créateur, donc, de personnages pour des licences d'inspiration médiévale, futuriste ou post-apocalyptique. Depuis cinq ans, il officie en tant que *level designer*, en charge cette fois de la fabrication graphique des niveaux d'un jeu, art d'autant plus délicat que revient à ces artistes la double tâche, paradoxale, de désorienter le joueur tout en lui indiquant avec subtilité la direction de la sortie. Il liste les titres de quelques projets auxquels il a contribué ; à force de n'en connaître aucun, j'ai peur de le vexer et prétends avoir bien entendu parler du dernier qu'il me cite, sur Internet probablement. Bastien sourit et remonte sa manche en cornet en triturant le dernier bouton de sa chemise. À moi, maintenant : j'avoue tout, lui offrant, comme il l'a fait pour moi, les clés de notre jargon– quali, quanti, tout ce que désormais vous connaissez. Au moment de trinquer, Bastien Groin, que je tiendrai bientôt pour mon ami le plus cher, tient à revenir sur le conflit qui nous a opposés et aujourd'hui nous réunit. Il me présente ses excuses, me félicite pour mon inventivité, et me propose, si j'en suis d'accord, que nous remplacions la guerre par la camaraderie. Le cœur battant aussi vite qu'aux moments les plus épicés d'une rencontre amoureuse, tâchant de dissimuler le frétillement de mes mains, j'approuve, modérant autant que je le peux mon enthousiasme. J'en profite pour lui décerner à l'unanimité la palme de la créativité dans notre guerre de voisinage : le mot vicieux du Front National, le chewing-gum dans la serrure, les terrifiants trous dans la fenêtre... Je comprends mieux le niveau auquel il m'a forcé à m'élever en apprenant qu'il est artiste, concepteur de pièges, offreur d'indices.

À vingt-trois heures, nous papotons toujours, environnés de bouteilles de bière, pleines et vides : le champagne est mort depuis longtemps. Bastien me fait visiter son bureau, aussi couvert de posters et hérissé de figurines extraterrestres que le salon est sobrement meublé. Comme je l'espérais, un vaste pupitre accueille des croquis de couloirs, de coffres, de murs en brique, de serrures complexes, de trous dimensionnels, de grilles et de mécanismes sournois. À côté, un gros ordinateur ronfle, tel un lion endormi. J'ai une grande admiration pour ces hommes qui ont gagné le droit, à force de travail et de génie, de rester enfants toute leur vie. J'imagine Bastien Groin gloussant lorsqu'il met le doigt sur un modèle particulièrement sadique de trappe, et tout ça me réjouit. Sous les dessins crayonnés, des plans de dédales, sur papier millimétré cette fois, tapissent le pupitre jusqu'au bois. Un peu avant minuit, hilare, Bastien Groin me tend la balle de tennis originelle. Une fois de plus, je lui demande de me pardonner, et lui explique, la langue rendue pâteuse par les bières et le champagne, les démêlés avec ma voisine pigalienne, la folle à aspirateur, et mes problèmes subséquents avec le bruit, lorsque je suis chez moi. Une main fraternelle, qu'il pose sur mon épaule en plongeant ses yeux rieurs dans les miens, scelle le début de notre amitié.

- 17 -

Le sommeil me rejette vers huit heures du matin. Je me sens nauséeux, épuisé, sec comme une main de moine. Impression tenace, aussi, que tous mes organes reposent entre les murs du crâne : ça gronde, ça serre, ça bat. Je prépare mon petit déjeuner en caleçon, choisissant d'ignorer le peintre, sur l'échafaudage. Je bois au robinet et me mouche sans grâce dans l'évier ; le ronronnement de la machine à café m'agresse les oreilles. J'ai très froid aux pieds et chaud aux tempes. Des renvois me perforent les narines en parvenant à l'air libre. Mon moral pourrait être sapé par cette gueule de bois musclée : pourtant, non, la joie l'emporte sans débat. J'informe mes supérieurs, la voix crucifiée par la malchance, qu'un virus semblable à la gastro-entérite, aux symptômes en tout cas cousins, s'est emparé de moi pendant la nuit. Personne n'a envie de se vider par les deux extrémités : on me recommande de garder le lit jusqu'à nouvel ordre. Et de me reposer avec acharnement, sans trop épier la survenue d'emails, mais sans pour autant les ignorer tout à fait. Je comprends, dis-je, bien sûr. Je suis trop rarement malade pour qu'on me croie capable de mentir à ce sujet. Une journée offerte à me vautrer dans les joies nouvelles d'un foyer sans conflit, et d'une prometteuse et immédiate amitié. Emballé dans une écharpe verte à mailles épaisses, je me rends jusqu'aux commerces du boulevard Voltaire, les plus proches de la place de la République, où l'on trouve jeux vidéo, consoles, accessoires, cartouches, figurines, cartes à collectionner, etc. Les restes d'alcool dans mon sang font sauter les verrous du portefeuille : je sors avec une console de dernière génération, d'occasion, et deux jeux dont on me promet une durée de vie cumulée de deux cents heures environ.

Une fois le matériel installé, je me lance sans attendre dans la première aventure : j'incarne une héroïne célèbre, qu'une quête puis une tempête ont privée d'équipement et de compagnie, et menée sur une île de temples inquiétants et de mercenaires susceptibles. Dans la forêt trempée, j'évite des loups ; à l'approche de baraquements de bois, la voix de l'héroïne m'intime de me coller aux planches et de prendre les ennemis par surprise ; je suis ses conseils sans discuter, laissant toutefois de premières traînées moites sur la manette. En trois heures, je n'active le bouton PAUSE que deux fois, la première pour aller aux toilettes, la seconde pour répondre au téléphone professionnel du fond de la gorge, terrassé, grimaçant, tenant mon estomac, déclarant que je n'ai pu manger, de la journée, qu'une quinzaine de grains de riz ; et encore, tous ont fui aussi sec. L'aventure de l'héroïne me trimballe de sursauts en espoirs déçus, jusqu'à me faire retrouver le pilote de mon navire, qui expire entre mes bras. Ce chagrin est vite effacé, lorsque je récupère dans son dos un fusil à pompe, et vais de l'avant en perçant des trous de gruyère dans mes adversaires. Il n'a pas cessé de pleuvoir depuis que j'ai mis un pied sur cette île.

L'idée d'écrire à Bastien m'a traversé l'esprit ; plus curieuse, celle de l'inviter à jouer à la maison. Il a ravivé en moi une étincelle que je croyais endormie, dont je croyais en tout cas qu'il fallait, si l'on souhaitait la conserver à l'âge adulte, la taire et la cacher. Ma part d'enfance, pour un homme de trente-deux ans, n'est pas négligeable. Part d'enfance au sens où je ris de blagues très peu évoluées, consomme des films considérés par la presse spécialisée comme barbares et ineptes, que mon rapport à l'autorité et au travail n'a pas changé depuis mes huit ans. Seulement, je vis depuis des dizaines d'années avec la conviction que mes passions et comportements immatures sont en conflit avec une existence d'adulte ; Bastien Groin vient de me prouver que non. Enfant et adulte cohabitent en lui : l'un inspire l'autre, qui lui donne en retour les ressources pour s'offrir ce qui lui plaît. Comme la plupart des gens dont j'envie la réussite, mon voisin est guidé par la seule lumière de son plaisir, de ce qui l'amuse ou le fascine ; ces désirs prennent vite la forme de puissants moteurs. Se mêlent alors dans un merveilleux fracas travail et amusement, acharnement et jouissance, lorsque la détermination et le caprice suivent la même pente ascendante. Pour préserver l'amitié naissante, je me refuse à lui envoyer un message aujourd'hui ; dès demain, ce sera permis. Pour le moment, je pistole-mitraille des ours et étête des barbares sur mon île boueuse, fasciné par la brutale résistance de mon héroïne que rien n'atteint, ni balle ni rhume.

◇

De retour à l'agence, j'apprends la catastrophe : le plus gros client, un constructeur automobile, menace de claquer la porte. Comme toujours dans ces situations extrêmes, se réunissent dans une grande salle du quatrième étage directeurs généraux, créatifs expérimentés, et une escorte bouillonnante d'expertises variées. Pour l'occasion, on couvre les baies vitrées de feuilles opaques : on ne peut faire confiance à personne. Je me retrouve dans la salle du secret, sans bien connaître l'industrie automobile ni l'historique publicitaire de cette marque. Tout au plus puis-je rassembler quelques souvenirs lointains d'une berline noire, lustrée, hautaine, se promenant dans des rues désertes ; et tous les autres véhicules, tapis dans l'ombre, terrifiés, claquant du pare-chocs. Il fait déjà chaud dans la pièce, et beaucoup mangent leurs ongles en silence. Un chef de projet, dont le maigre cou ne permet le passage qu'à une voix aigrelette, résume la situation : le client, dit-il, n'est pas satisfait des propositions pour la campagne *Tenue de route*. On hoche la tête, car il dit vrai. Le client, poursuit-il, pense que nous sommes arrivés, après plus de vingt ans de collaboration, au terme de notre imagination, et que nous risquons de nous embourber – aussi envisage-t-il de nous mettre en compétition. À ce mot, qui signifie placer notre agence face à d'autres dans une situation d'appel d'offres, les poings se crispent. Mais comment osent-ils, entend-on dans les barbes, après tout ce que, etc. J'aimerais voir la proposition faite pour le film *Tenue de route*, exige notre président. Le brief pour le film nous a été communiqué en septembre, résume le maigre cou. Il y est question de la nouvelle mouture d'un véhicule existant, augmenté de réglages inédits, et d'une capacité à aborder toutes les routes avec une sérénité égale, qu'on parle de goudron, terre, sable, neige ; il suffit de faire basculer la roue de commandes, que l'on peut voir ici (il appuie sur une touche de son ordinateur et désigne sur l'écran le bouton en question, au centre du tableau de bord), sur un mode ou un autre, pour obtenir une parfaite adhérence au sol qui défile sous les roues. Le président fait une moue : c'est clair pour lui. Voici donc (le chef de projet passe aux diapositives suivantes) le concept présenté pour le film *Tenue de route*. Le directeur créatif, un cinquantenaire à moustache, d'ordinaire frimeur, présente son storyboard du bout des lèvres. Le principe de cette campagne, susurre-t-il, est simple : on va faire circuler la voiture dans une ville de glace, où tout glisse énormément, la route, les parois, tout, parce que c'est un univers de glace. Sur l'écran, des voitures-igloo, des gratte-ciel de verglas, des pingouins en laisse. Le véhicule ne dérape pas une fois, il circule sans problème à partir du moment où le mode verglas est activé sur la roue de commandes, précise le moustachu. Le président se pince l'arête du nez, entre les yeux. C'est un publicitaire brillant, doué d'une imagination sans limite, capable de sentir le potentiel, même infime ou enfoui, d'une idée ; et de tenir des raisonnements d'une logique incontestable. C'est un homme de petite taille, et d'autant plus intense, puissant, rayonnant : plus de lui, ça aurait été trop. Et pourtant, à cet instant, même lui ne sait pas quoi faire de cette idiotie de ville gelée.

Il interroge une responsable de la stratégie, une femme à l'accent du sud qui a la particularité de ne jamais se tromper. Contrairement à beaucoup, quand elle ne sait pas, elle se tait ou précise qu'elle doit se renseigner, si bien que son ratio d'interventions justes, du moins en ma présence, n'est jamais passé sous la barre de 100%. Le directeur créatif retire les lunettes de soleil de ses cheveux et les pose sur la table, devant lui. La stratège admet qu'il peut être périlleux, dans un contexte de fonte massive des glaces, à cause – notamment – de la pollution automobile, de représenter une fictive ville du pôle Nord. Sans compter – le directeur créatif essaie de l'interrompre pour répondre à cette première objection, mais elle lève la main vers lui en disant Je termine – que le pingouin en laisse, c'est tout bonnement impossible. Toutefois, l'idée d'une ville de glace, même si elle lui paraît un peu difficile à défendre, permet à tout le moins de donner à voir le bénéfice de la tenue de route. C'est toujours ça de pris. Une fois de plus, elle a raison. Trois fois. Le directeur créatif se lance dans une justification sur la fiction, la nécessité de la fiction, plus encore en publicité, où il est impératif de faire rêver, de faire décoller les gens de leur canapé, de les accompagner dans des mondes plus légers, utopiques – objection dont personne n'a rien à faire. Le président cherche une solution : je suis un peu déçu que le vieux créatif, un type dépassé, fainéant, débordant de mauvais goût, ne se fasse pas encorner au milieu de l'arène, mais j'ai remarqué que le président est moins sévère avec les éléments médiocres.

En baissant le regard, je surprends sur mon carnet, en lieu et place de notes, un damier régulier. En feuilletant les pages précédentes, je traverse une collection de damiers, dont la couleur change au gré du stylo à bille que j'avais apporté en réunion. Je n'avais jamais fait attention à cette manie. Une vingtaine de damiers au moins, sur lesquels je saute un temps en pensée. Je m'ennuie. Me vient en tête l'image de Bastien, sa passion intacte pour ses niveaux, ses leviers, ses trappes. Lui ne s'ennuie jamais. On ne peut pas s'ennuyer quand on sait dessiner, me dis-je. Que ferait-il, à ma place, dans cette réunion ? Rien de particulier, a priori, mais il aurait dessiné un excellent labyrinthe sur sa feuille, avec des pierres suintantes et des ombres portées, avec des dalles piégées qui actionnent des arbalètes dissimulées derrière les briques, dont le centre, celui du labyrinthe, serait un portail dimensionnel ovale, gardé hélas, pour garantir une agréable tension jusqu'au bout du niveau, par un boss sous la forme d'un – Et vous, répète le président en me pointant du doigt. Moi, dis-je pour gagner du temps. Oui, vous, vous en pensez quoi ? Il faut interroger les consommateurs, je tempère. Moi, je ne sais rien, j'écoute les consommateurs.

◇

Vendredi matin, je propose à mon voisin un apéritif retour, le soir même, avec dégustation de bières rares s'il le souhaite. Aucune réponse. Toutes les heures passent, et ma nervosité augmente jusqu'à la nuit, au point que je guette les lumières de l'appartement en face. Le salon et le bureau restent noirs. Lorsque la soif m'éveille, vers trois heures du matin, je retourne mon téléphone en espérant y trouver un message : non. J. m'a envoyé un MMS flou vingt minutes plus tôt, c'est tout. Le lendemain midi, sans fournir ni explication, ni excuse, Bastien Groin me propose de le rejoindre à 16h30 ; il doit voir une exposition qui pourrait m'intéresser. Il porte, quand je le retrouve, un t-shirt à l'effigie de *Dementia 13*, l'un des premiers films de Francis Ford Coppola, un délice de série B.

La galerie accueille le travail d'une photographe anglaise sur la maison Winchester, en Californie. Sarah Winchester hérite de l'empire de la carabine lorsque son mari, fils du fondateur, meurt en 1881. Persuadée d'être poursuivie par des esprits, elle consulte des médiums ; l'un d'eux, basé à Boston, lui assure que toutes les victimes d'un fusil Winchester (notamment durant la guerre de Sécession) sont à ses trousses. L'héritière achète un ranch en Californie, et n'a de cesse, jusqu'à sa mort, d'en faire un véritable labyrinthe pour y égarer les démons vengeurs. Sept jours par semaine, pendant près de quarante ans, des ouvriers et architectes s'y relaient, ajoutant des pièces aveugles, des escaliers qui montent ou descendent vers un mur, des fenêtres en trompe-l'œil, des portes donnant sur du béton. À l'achat, le ranch comprend huit pièces ; aujourd'hui, cent-soixante, dont quarante chambres, treize lustres et treize salles de bains – ce nombre tracassait la propriétaire. Une vieille image en noir et blanc montre une jeune femme, habillée à la mode des années 60, coincée dans un escalier qui donne sur un plafond de bois. Vue de haut, avec ses toits rouges et son invasion progressive des alentours, la résidence évoque une plaque d'eczéma. Quelque chose, aussi, de l'Overlook Hotel de Kubrick, dans le bâtiment solitaire et nuageux. La photographe a pu passer une nuit dans la maison vide, avec un appareil à flash et un sac de provisions. Les prises de vue alternent entre des couloirs inoffensifs, lambrissés de bois vernis jusqu'à la taille, couverts de papier peint et de tapis aux motifs floraux ; et des escaliers tordus, glaçants, impossibles, qui ne desservent rien ou se referment sur eux-mêmes. Dans certaines pièces de réception, le luxe saute aux yeux : parquet marqueté, orgue de salon, vitraux dentelés. Pourtant, une gêne, inexplicable ; il faut coller le nez au cliché pour apercevoir les reliefs d'une porte, dans le plafond. Tout est à l'avenant : le manoir de cauchemar d'un cerveau tourmenté, lui-même perdu dans ses dédales, illusions et puits sans fond. Comment la photographe a-t-elle pu passer une nuit dans ce cauchemar architectural ? Il faudrait me payer cher pour prendre sa place. Combien ? Deux mille euros, j'estime, la tête haute, sachant que j'accepterais pour le tiers.

Après l'exposition, je propose à mon voisin de boire un verre au Tailor, mon bar fétiche. Il commande une pinte de bière forte, je me contente de l'habituelle pilsner. Il me confie sa passion pour les habitations hantées, les couloirs sans fin, les greniers sans lumière, depuis sa première rencontre avec *The Ring*, quand il avait quinze ans. Les panneaux de bois entre les pièces, le minimalisme glaçant de la décoration, le silence, l'immobilité louche des portraits encadrés, la sévérité des rapports entre les êtres vivants. Si ça se trouve, poursuit-il, le film ne montre pas ça du tout : ce qui compte, c'est le souvenir gondolé par les années qui s'est formé en lui, qu'il chérit comme un trésor étrange. Il a toujours refusé de revoir *The Ring*, par peur de faire disparaître au fond de lui cette version personnelle où il puise de l'inspiration et des phobies enfantines. Je me souviens encore des cheveux mouillés de la fille au puits qui sortent de l'écran de télévision ; et de l'instant où j'avais rangé la cassette dans sa boîte, sans trop oser toucher cet objet maudit. J'aime les passions sombres et un peu ésotériques de Bastien ; elles me replongent à une époque où ma croyance dans l'impossibilité de certaines choses était moins affirmée. Temps béni de l'adolescence, où l'on commence à veiller la nuit et voir les ombres bouger.

Bastien s'entend à merveille avec le tenancier, qui le traite avec la même amitié que celle qu'il m'a accordée après des douzaines d'heures au comptoir. Je suis plus fasciné que jaloux. En parlant, il griffonne sur son sous-bock, et bientôt l'image de la jeune femme coincée dans l'escalier sans issue se forme. La maison Winchester doit lui trotter dans la tête. Il rend avec facilité la perspective et l'impression d'étouffement. Le dessin est très sombre ; il couvre les murs de centaines de hachures noires, maniaques. En quelques traits, il rend la position de la fille, comme tombée en haut des marches, et le mouvement de ses bras impuissants vers le plafond. Puis il s'arrête, songeur, et se tourne vers moi : mais si la propriétaire est morte, réfléchit-il, ça veut dire qu'il y a au moins un spectre qui connaît le plan de la maison. Non ? Et il reprend son crayonnage et sa conversation en pointillés avec le tenancier et moi.

-18-

Au fil de nos premières entrevues, Bastien m'initie aux univers extra-humains de Lovecraft, aux errances de Melmoth, aux paysages crypto-gothiques de *Bloodborne* (jamais entendu parler), aux mondes désolés de A. Volodine, de *Limbo*, de *Fallout*, au désespoir absolu de *Blast* ou de Charles Burns. Nous partageons l'amour de l'épouvante, mais il lui trouve meilleur goût encore quand elle fait voyager par le temps, l'espace et le fantasme. Par son biais, je traverse des forêts en pleine nuit, je visite des temples et des cathédrales en ruine, je traverse des souterrains, des mares, des couloirs blancs sans issue, je rencontre une humanité en voie d'extinction, essoufflée, verruqueuse, aux portes de sa fin, je fuis des ombres et combats des horreurs, je croise de rares alliés, à qui il manque une main ou la tête, mes semelles résonnent sur les pavés lisses d'un chemin sans âge, d'un village dépeuplé, que seule la pluie traverse encore. J'aime ces mondes glaçants, morts, déserts ; parfois, je plonge si profondément dans l'un de ces univers que je dois allumer la radio en le quittant – juste pour entendre une voix humaine. Un jour, mon voisin me prête le premier tome d'une de ses bandes dessinées favorites. Je sais ce que ça veut dire : confiance.

Certains soirs, les plus mornes, comme le dimanche et le lundi, nous nous retrouvons avec B. pour boire un café, un soda ; bientôt un film, que nous arrosons de bières fraîches et de chips piquantes, chez lui ou chez moi – plutôt chez lui. B. fréquente peu le cinéma : les hurlements des autres lui gâchent le plaisir de l'angoisse. Aussi, nous préférons le cadre confortable de nos salons, nos biscuits apéritifs et notre silence respectueux. Nos séances nous apportent de sublimes surprises (le sud-coréen *Gokseong*, enquête sur des revenants dans un cadre rural désolé) et d'interminables daubes (les épuisants *Moon* ou *Triangle*, énièmes émules du jour sans fin). Alors, le travail, la semaine, les courriers des Finances publiques, toutes les cruelles exigences du monde adulte s'effacent jusqu'au lendemain.

Bastien a une théorie. Selon lui, les films d'horreur sont comme la cuisine épicée : les ingrédients peuvent être de qualité moyenne, le cuisinier pas terrible, ça ne sera jamais sans goût ; rien n'est pire que le fade. On peut pas s'ennuyer avec l'épouvante, dit-il. On peut trouver ça idiot, ou mal joué, mais on ne s'ennuie pas. Je comprends son raisonnement, sans y adhérer tout à fait. Comment tu as commencé à en regarder, je lui demande, la bouche pleine. Dans la chambre de son cousin, m'explique-t-il : un après-midi, à la campagne, la lumière filtrant à peine par les volets fermés, il avait lancé un vieux film des années 70, avec enfant possédé et tout le bazar (église, curé, satan, animaux fous, empalade et compagnie). Coup de foudre, déclare Bastien. Et toi, il me lance en évacuant des morceaux de chips de son torse. Petit, puis adolescent, tout me faisait tellement peur, les fantômes, les terroristes, les voleurs, les momies, le sang, les coups, que j'ai envisagé ce cinéma comme une cure – à force de sursauter, d'être témoin de coups de couteau et de me promener, par procuration, dans des couloirs hantés, j'allais m'endurcir. Ça a marché ? Non, j'ai toujours peur de tout. Il rit, pensivement.

◇

Mon apprentissage continue : Bastien me présente les *creepypastas,* des scénarios terrorisants, tirés ou non de faits réels, répandus par des adolescents sur des forums. Le plus connu, *Slender Man,* tourne autour d'un personnage immense, aux bras démesurés, vêtu d'un vieux costume, au visage pâle et flou ; il enlève les enfants et les fait disparaître dans les bois. Ce mythe, inspiré du folklore allemand et remis au goût du jour sur Internet, a été adapté en jeu vidéo, en film, et été à l'origine d'un meurtre bien réel – deux jeunes femmes en ont mené une troisième dans les bois, avant de la larder de dix-neuf coups de couteau pour « apaiser le Slender Man ». Le succès de ce *creepypasta* tient d'abord à la silhouette du monstre, proche de l'humain sans en être un, une sorte de vampire-comptable de trois mètres de haut, qui apparaît sur des photos imprécises. Puis c'est le miracle des forums, des doutes, et enfin l'assassinat, bien réel : la légende urbaine est devenue vivante. C'est là que ces histoires trouvent leur force, au croisement du réel et de la fiction.

Prenons un autre exemple. En 2010, un internaute du nom de DannoW révèle que plus de deux cents enfants japonais se seraient suicidés après avoir joué au premier opus de *Pokémon* ; plus précisément, après avoir traversé le niveau de Lavanville (pour ville-lavande). En général, les bourgades de *Pokémon* sont charmantes, ensoleillées, organisées autour d'arènes où s'agite la foule. C'est un peu le Sud-Ouest de la France, avec de mignons petits monstres à la place des vachettes. À Lavanville, en revanche, autre ambiance : c'est une ville-cimetière, *home of the spirits* que ses rares habitants rêvent de quitter, du moins pour ceux qui ne sont pas *terminally ill*. Les décors, bâtiments, parterres de fleurs, panneaux, personnages, sont violets, ce qui donne une certaine impression d'irréalité (même pour *Pokémon*). Pour l'avoir étudiée, je peux vous affirmer que cette séquence détonne au sein de l'aventure ; elle est profondément triste. Les commerçants sont démoralisés ; les pancartes ne parlent que du repos des morts ; les jardins sont déserts. Le problème, selon la légende, vient du thème musical de ce niveau, en effet déplaisant à l'oreille – un rythme lent, peu de notes, une mélodie obsédante dont les arpèges s'enroulent sur eux-mêmes comme on devient fou. D'autres internautes évoquent la présence dans le morceau de fréquences inhabituelles, d'ultrasons, de battements binauraux, assez pour précipiter une armée de petits cous japonais dans des nœuds coulants, après avoir causé moult vomissements et saignements d'oreille. Ce fut la naissance du *Lavender Town Syndrome*, ou syndrome de Lavanville, dont on peut imaginer qu'il a autant de réalité que la zone 51 états-unienne. Toutefois, le thème a été un peu modifié entre la version originale (japonaise) et les versions ultérieures, américaines et européennes. À force de brouiller les sources et de superposer des strates de vérité et d'invention, les *creepypastas* décuplent la puissance des récits de coin du feu, lorsqu'on n'avait plus qu'une question à la bouche : mais c'est vrai ? Oui, une fille a reçu dix-neuf coups de couteau au nom du Slender

Man ; oui, le thème de Lavanville existe, et il est étrange. La réalité circule, d'une photo truquée à un témoignage face caméra, d'un enregistrement de surveillance à des articles dans la presse. Je passe des soirées entières à voguer de légende en légende ; la nuit, je laisse filtrer un rai jaune du réverbère dans ma chambre, pour ne pas dormir dans l'obscurité complète.

Sans être croyant (au sens le plus large et accueillant du terme), Bastien est fasciné par l'invisible : tout ce qui mène à considérer son environnement immédiat avec un regard neuf, et même soupçonneux, l'attire. Les passages, secrets ou non, entre deux rues ou deux univers, constituent une pierre angulaire de ses réflexions et de son art. Bien sûr, il s'est intéressé de près aux catacombes, au réseau des égouts, aux souterrains en général, aux soupiraux, aux portails mystérieux et aux portes en trompe-l'œil. Mais il est aussi sensible au charme plus commun des passages couverts, au centre de Paris, la galerie Vivienne, celle des Panoramas, ces dédales marbrés, protégés du beau comme du vilain temps par d'amples verrières, ces infinies diagonales où survivent des commerces hors d'âge, coupés du jour : comptoirs de bois, renards empaillés, livres antiques au cuir fané, artisans bossus et monocleux, poussières dansantes, affiches et timbres de collection. Il me fait acheter un recueil de nouvelles d'un auteur argentin, pour que j'y lise « L'autre ciel » : le narrateur y découvre des voies secrètes entre les galeries parisiennes et suisses, d'un pays et d'une époque à l'autre. Toute une existence parallèle, fluide et secrète s'y déroule, à l'abri des règles. Si je ne vois pas l'extérieur, il n'existe pas ; si je ne vois pas le temps, il n'existe pas ; si je ne vois pas la pluie, elle n'existe pas. Je commence à comprendre sa fascination pour ces espaces où les repères se brouillent. Passages Brady, Verdeau, du Grand-Cerf : au lieu de les éviter comme on fuit les lieux touristiques de sa propre ville, je les explore avec plaisir, pousse la porte à sonnette, de bois branlant, d'une échoppe enténébrée. Au fond, ce n'est qu'une preuve de ma grande amitié et de mon admiration pour mon voisin, dont j'ai envie de me rapprocher sur tous les fronts.

◇

Je présente Bastien à J., qu'il trouve creux et faux, et à Franck, qui le trouve creux et faux. Du premier, mon voisin estime que c'est un type violent, raciste, tout-o-phobe, sanguin, à fuir comme un clou rouillé. Il me fallait bien quelqu'un avec qui boire et faire la fête, je me défends. Le second trouve B. crâneur et fuyant, qualificatifs que j'attribue à une jalousie naissante. Nous parvenons toutefois à faire la fête tous les quatre, pas au Tailor où B. s'ennuie déjà, plutôt au Starlight, rue des Petites-Écuries, qui me rappelle les clubs des villes côtières (annonces du disc-jockey au micro et mauvaise bière en canettes de 50 centilitres à prix d'or). La première nuit, surprise de taille : tandis que J., Franck et moi nous contentons, comme toujours, d'être les témoins – de plus en plus flous – de la soirée, mon voisin DANSE. Son verre à la main, Bastien file sur la piste, salue de lointaines connaissances, remue avec dignité et parfois entrain. Parce qu'il est aimable, et n'insiste pas, les filles le laissent approcher, et nous le voyons alors partager une danse, plus amusée que langoureuse, avec une inconnue, avant de revenir vers nous.

J'envie son aisance, depuis le comptoir que je n'ose pas quitter, mon bord de piscine à l'orée du grand bain. Mon nouvel ami se contente de ses allées et venues : il ne nous engage pas à le suivre, ne se moque pas de nous parce que nous restons dans un coin, accoudés, à boire jusqu'à l'ivresse. Il n'a besoin de personne pour rencontrer sa joie, ni, comme on le verra, sa pénombre.

Sans bouleverser nos habitudes, mon voisin, plus extraverti et moins empoté que nous, introduit de la variété dans les soirées. Il arrive qu'il accoste au comptoir avec un nouvel ami, parfois un type absurde, parfois une personne de belle qualité, selon la pêche du soir. Nous nous présentons, l'inconnue ou l'inconnu en fait autant, et il faut bien parler et rire ensemble. La plupart du temps, ces rencontres de hasard nous amusent, nous stimulent, nous touchent ; et je prends conscience de la soif que nous avions, avant de rencontrer Bastien, de ces communions éphémères. Souvent, il passe commande au barman et file à nouveau vers la piste, abandonnant au comptoir le fruit de sa pêche, comme s'il nous en faisait cadeau.

◇

Au cours d'une virée au Starlight, Bastien s'évapore. Ni sur la piste, ni dehors, ni aux toilettes, ni endormi sur une banquette trouée de velours rouge. Mystère. Je me souviens l'avoir vu en compagnie d'une fille, brune avec un col roulé ; je conclue qu'il a pris avec elle le chemin de son appartement. Je prends celui du comptoir, et réclame deux solides gin-tonic, un peu vexé qu'il ait filé sans saluer, un peu ennuyé à l'idée de poursuivre la fête sans espoir qu'il nous apporte de nouveaux amis. J'ai bu avec vigueur jusqu'ici, je poursuis sur la même lancée. Alors que j'attrape par erreur la touillette fluo entre mes lèvres, la confondant avec une paille, la fille au col roulé surgit – du moins j'en ai la forte impression. Bastien et elle, m'explique-t-elle, ne sont pas rentrés ensemble : ils ont dansé, dansé, jusqu'à ce qu'il file vers un coin inexploré de la discothèque. Où ça, dis-je aussi clairement que je le peux. Elle me mène vers un mur du fond, dans une zone mal éclairée et avare en banquettes, que seuls les danseurs investissent quand la piste est pleine. Là, une porte métallique, peinte en noir : de celles qu'on n'aurait jamais l'idée de pousser.

La fille regagne les terres néonisées du club et je me retrouve seul. Je demeure un moment devant la porte sombre, un peu triste, comme si c'était la possibilité de l'imprévu, et non pas Bastien, qui s'était échappée de la soirée. Je m'assieds sur une banquette mitée par les cigarettes, le temps de digérer la déception. Lorsque mes yeux s'habituent à l'obscurité, je perçois à l'extrémité du canapé en L une forme plus sombre que l'absence de lumière, qui se révèle être Bastien, assis à trois mètres de moi. Il lève le visage à mon approche. Il paraît lucide mais surpris, comme un peintre que j'aurais détourné de sa toile ; il me fait signe de m'installer à sa gauche. Tu foutais quoi, je lance. Rien, réplique-t-il. J'avais jamais remarqué la porte. Je me demandais ce qu'il y avait derrière. Je propose : des chiottes, je pense. Ou un local pour mettre les fûts vides. Il hausse les épaules. Je crois pendant un moment qu'il se fout de moi et qu'il était en train de dormir dans un coin, mais je comprends à ses sourcils sérieux que pas du tout. Ça fait vraiment une heure (ou plus) qu'il est installé dans ce coin à dévisager une porte, qui a l'air de toute évidence i) fermée et ii) interdite au public du Starlight. Quel drôle d'homme. Tu veux y aller, je lui demande. Il hausse de nouveau les épaules. S'il attend qu'elle s'ouvre toute seule, à trois heures du matin, on y est pour un moment. Et même si elle s'ouvrait, qu'est-ce qu'il espère trouver ? Nous voilà donc, muets sur canapé pendant un moment, moi pompant de temps à autre mon gin à coups de paille, lui se grattant la joue ou la rotule et devisant intérieurement avec la poignée. Puis il se lève sans prévenir et se dirige vers le cadre noir, enfin prêt à faire l'ânerie qu'il évalue depuis une plombe. Je le rejoins, un peu grisé par la perspective de la bêtise. La porte s'ouvre ; B. me jette un regard d'enfant au magasin de jouets. La joie et l'excitation viennent à peine de me monter au cœur qu'on entend dans notre dos un profond « qu'est-ce que vous foutez » assorti du traditionnel faisceau de lampe-torche des videurs. Notre défense, peu préparée et mal articulée, ne convainc pas le colosse, qui nous fait avancer vers la sortie d'un simple signe de tête. Nous sortons en gloussant, sans chercher nos amis ni nous en inquiéter. C'est notre première aventure. Tuée dans l'œuf, certes, mais les éléments importants y sont : un peu de mystère, de l'interdit, et une menace sous la forme d'un poing format parpaing. Nous rentrons à pied jusqu'à la rue Ternaux, nous cognant contre des voitures, zigzaguant sur la chaussée, interpellant des promeneurs de chiens et leurs chiens, moi fier comme un paon de me promener avec mon ivrogne de voisin. Une longue accolade, séparation au milieu de la route, et sitôt franchi le seuil de mon appartement, je vomis un puzzle de repas, une invraisemblable quantité d'ordures, et me couche habillé, des larmes plein les joues.

◇

De temps à autre, Bastien disparaît ; ça ne dure qu'un jour ou deux. Téléphone coupé, lumières éteintes. Rien d'inquiétant : j'impute ces silences à des surcharges au travail, qui nécessitent peut-être, en supplément, de profondes phases d'inspiration sans distraction. Sans pouvoir tout me révéler, il m'a glissé qu'il travaille sur un jeu en deux dimensions, tendance rétro, *beat-em-all* (comprendre : buter tout le monde) *rogue-like* (comprendre : chaque fois que tu meurs, tu recommences au début) dans un univers inspiré de la mythologie grecque. Son métier me fascine plus que le mien. Une équipe de recherche, composée d'historiens et de géographes, lui fait suivre des documents sur les usages de la Grèce antique, les croyances, coutumes, corps de métier, structures familiales, jusqu'aux matériaux, objets quotidiens et artefacts qu'on pouvait croiser dans les rues, les temples, les habitations. À partir de là, il imagine des obstacles, des plans, des mécanismes, des portes, des chausse-trappes, des chemins à travers lesquels il orientera et désorientera le joueur. Je peux aisément me faire à l'idée qu'il faille de longues heures dans le noir, les yeux fermés, pour donner un nouvel élan à son imagination, surtout quand le projet s'étend sur plusieurs années. Sans faute, mon voisin revient au monde, et nos soirées de projection et de fête reprennent. Je ne lui pose pas la question de ces courtes absences. Au mieux, je les vois venir ; la veille, en général, l'humeur de B. s'assombrit, il devient critique envers tout et tout le monde, le film est mauvais, l'acteur est mauvais, la bière n'a pas de bulles, il fait froid, chaud, etc. Voilà ce que ça signifie en réalité : il a besoin d'être seul avec sa tête et ses croquis.

Il serait faux de prétendre que nous accédons à un degré d'intimité élevé : mais qui a besoin d'intimité quand une passion nous lie ? Plusieurs, même. Chaque fois que je le quitte, j'ai appris, ri, frémi, douté ; il a excité ma curiosité au sujet d'un nouveau film, d'une tendance ésotérique ou d'un auteur oublié. Bastien Groin me présente des souterrains insoupçonnés, à portée de main. Même si l'envie nous prenait de soulever les replis de notre humeur et d'y inviter l'autre, nous n'en aurions pas le temps. Nous nous satisfaisons de cette superficialité relative, qui veut que nous nous confions plus facilement des recommandations culturelles (au sens le plus large et accueillant du terme) que des questionnements secrets. Bien sûr, il nous devient possible de décrypter les émotions de l'autre, dans les grandes lignes – mais jamais on ne s'attarde sur un soudain coup de mou. Je n'ai pas été élevé de cette façon, et je pense que lui non plus : la mélancolie, nous la gardons à la maison, et nous la purgeons dans les oreillers. L'amitié n'en a que meilleur goût ; fi de ces longues séances de consolation, inoffensives contre le chagrin, que rien n'érode sinon le temps. Si B. devait s'écrouler et fondre en larmes, je n'en serais même pas témoin ; il aurait depuis plusieurs heures coupé son téléphone et les lumières du salon.

- 19 -

Jean-Paul n'aime pas Bastien Groin. La réciproque est fausse (Bastien, lui, adore Jean-Paul) mais mon chat ne peut pas sentir mon voisin. Il se contorsionne pour éviter sa main ; et si l'autre parvient à le toucher, il feule et bat des griffes. Je raconte qu'il est de mauvaise humeur, mais il vient se coucher sur mes genoux une minute plus tard. Une affaire de parfums ou d'hormones. Je descends à la cave une lampe à pied que je n'aime plus ; B. m'accompagne pour récupérer des gants de ski que j'ai accepté de lui prêter. Les parfums du sous-sol portent à mon esprit le souvenir de cet homme grand et maigre, rencontré ici. Un éclair traverse mon cerveau. Je branche la lumière de mon local et fouille mon sac de voyage. *C. Maldebec. Conservateur.* Pas un numéro ni une adresse. J'avais oublié ce truc, dis-je à mon ami en lui tendant le bout de carton. Je lui raconte l'histoire à mi-voix, rabattant la porte dans mon dos. Tout communique, le musée souterrain, etc. Je regrette de ne pas y avoir pensé plus tôt, avec la passion de mon voisin pour les passages secrets. Nous parvenons à la même conclusion : il faut qu'on le retrouve.

Si mon voisin passe la soirée à la maison, Jean-Paul se range désormais dans l'étagère du salon, rayon supérieur, à côté des DVD. On peut le chercher longtemps sans rien trouver : il devient une décoration en forme de lui. Il s'accroupit, rassemble ses pattes antérieures et scrute le mur d'en face pendant des heures. Si Bill, le chien de Papa, aboie dans la cage d'escalier, il tourne la tête – pas plus. Il faut que la porte ait claqué dans le dos de B. et que je secoue le sac des croquettes pour que Jean-Paul quitte son nid. Il mange et s'endort contre ma cuisse, tout épuisé de n'avoir rien fait. Je lui parle en caressant son front, entre les yeux : pourquoi tu n'aimes pas Bastien, toi ? Il sent mauvais ? Il te fait peur ? Ronronnements.

Je croise un matin Papa, secondé par Bill. Il colle sur la vitre du sas une affichette pour la collecte de vêtements. Bill me renifle des pieds aux fesses, la queue battante. Je demande au gardien comment il va : ça fait longtemps, me semble-t-il, que je ne l'ai pas vu. Bien !, s'exclame-t-il : les copropriétaires sont sages (ce sont ses mots), le chien est sage, tout le monde est sage. Et il est soulagé, poursuit-il, que je me sois réconcilié avec le voisin d'en face. Les petits mots et tout le tralala, il n'aimait pas ça du tout. Moi : vous savez tout, Papa. Lui : c'est mon métier de savoir tout, si ça concerne l'immeuble ou la rue. Qui déménage, qui râle, qui est fâché avec qui, qui fait un ravalement. Il faut connaître tout le monde ! Pour préserver l'harmonie. Tout ce qu'il demande, c'est l'harmonie. Il y a assez de zozos dans le quartier pour s'inventer des disputes entre voisins. Dehors, un chien hurle – Bill hurle – Papa hurle sur Bill. L'harmonie. Moi : alors vous connaissez tout le monde ? Lui : des caves aux combles, monsieur.

Moi : vous connaissez un C. Maldebec, du musée du Hasard ? Il pivote vers moi lentement, et me présente une expression indéchiffrable ; l'équivalent d'un brouhaha, mais sur un visage. Il est tout à la fois goguenard, anxieux, sardonique, et bien d'autres. Puis, d'un clignement façon essuie-glace, il chasse toute émotion de ses traits, et m'apprend qu'hélas, non, mais que si j'ai rencontré cet homme à la cave, le plus simple doit être de coller une affichette sur ma porte, au sous-sol. Il vérifie que l'annonce qu'il posait sur la porte tient bien, et sort en faisant tourner ses clés autour de son index. J'attrape sur mon bureau le bloc de post-it et file à la cave. Je passe en frémissant le local fantôme dans le couloir du sous-sol. Sur ma porte, j'écris : *Monsieur Maldebec, je cherche à vous joindre. Appelez-moi au* – suit mon numéro de téléphone.

◇

On a failli attraper le Foret. D'après la commissaire de police, il s'en est fallu d'un cheveu pour qu'on mette fin aux agissements du tueur à la perceuse. L'attaque du jour a eu lieu à Chemin-Vert, dans le 11e arrondissement. La victime, un certain R. B., a été surprise par un sifflement de perceuse dans son dos. Homme de nature vive et pratiquant de jiu-jitsu brésilien, il s'est retourné et a engagé une clé de main sur son adversaire. Si on peut dire comme ça ? (Elle se retourne vers l'un de ses lieutenants.) Oui, madame la commissaire, ou clé de poignet, si vous voulez utiliser le terme technique. Une clé de poignet, voilà. C'est-à-dire qu'on est passé à rien de se retrouver avec ce déséquilibré en prison avec un os cassé. Il est tombé sur plus fort que lui, voilà tout ! Et ? Et le Foret a envoyé dans la cheville droite de R. B. un violent coup de talon – suite à quoi R. B. s'est effondré avec une fracture du pied, et l'agresseur a filé. Le héros est à l'hôpital, pas d'autre dégât a priori qu'au péroné, brisé au-dessus de la jonction avec l'astragale. Fibula. Fibula, répète la commissaire. Un premier entretien avec Monsieur R. B. n'a pas fait émerger d'élément concluant. Toujours un imperméable long, gris, des gants, une perceuse (visseuse) vert foncé du modèle le plus répandu, un masque d'une matière blanchâtre, à la façon d'une peau épaisse, et pas un mot, ni même un souffle. L'étude en cours des différentes lignes et stations où l'agresseur a frappé n'a permis aucune avancée significative dans l'enquête ; les lieux sont choisis de façon apparemment aléatoire, avec pour seul point commun d'être peu fréquentés (sur des lignes, néanmoins, assez fréquentées), et situés à Paris intra-muros. La commissaire ne dit jamais le Foret : elle doit considérer que ce serait lui faire trop d'honneur. Ce surnom est né sur un forum de papas miliciens, et il s'est répandu jusqu'aux bouches des commentateurs et présentateurs.

Bastien, comme moi, suit l'affaire de loin. Il n'a aucune hypothèse sur la personnalité du Foret, ni sur ses motivations. Quand je lui demande s'il est au courant du dernier rebondissement, en général, il l'est ; mais il n'a pas grand-chose à en dire. Il continue à prendre le métro pour se rendre au travail, et n'exprime pas d'anxiété particulière : c'est un tueur qui n'arrive pas à tuer, me dit-il. S'il voulait vraiment tuer, il aurait réussi depuis longtemps à faire un gros trou dans le crâne de quelqu'un. À chaque fois, il s'arrête au tympan, puis il renonce. Ou alors, c'est un fétichiste des sourds et il faut l'appeler l'Assourdisseur, pas le Foret. Moi, je ne serais pas rassuré si je devais prendre les transports en commun tous les jours. Je n'ai aucune envie de perdre mon tympan, aucune envie de me retourner toutes les secondes vers mes voisins au moindre mouvement louche. Sur des affiches publicitaires, à l'entrée des bouches de métro, un message conjoint de la préfecture de Paris et de la RATP : « Nous demandons aux usagers de ne pas s'isoler sur les quais et dans les wagons » ; « Nous demandons à chaque usager de veiller sur son voisin immédiat ». C'est toujours la même chose : il faut un psychopathe à perceuse ou des attentats pour voir l'entraide revenir à la mode quelques semaines. Si à la fin on apprend que c'est juste un fou rendu fou par Paris, je crois que je comprendrais, m'avoue B. Rien qu'aujourd'hui, j'ai vu : une vieille dame se faire insulter par deux adolescents débiles en pleine rue ; un cycliste frôler une poussette à pleine vitesse ; une queue de deux cents mètres devant un restaurant néo-indien. Juste aujourd'hui ! C'est vrai : cette ville n'a pas son pareil pour agacer les nerfs. On s'y déteste avant de s'y connaître, parce que tout est course : premier dans la file de la boucherie, premier dans le wagon, premier au restaurant. Cette ville pousse à la compétition, déloyale s'il le faut. Il n'y a pas de place pour tous les pieds : soit on en écrase, soit on se fait marcher dessus. Ce n'est pas la meilleure façon de se faire des amis. Bastien a du mal à tolérer cette violence. La ville-arène, très peu pour lui. Il a besoin de longues minutes pour se calmer. Ce soir, toutefois, j'ai une nouvelle amusante : en rentrant de la supérette, Papa m'a informé qu'il avait trouvé une lettre scotchée sur la porte de ma cave. Curieusement, il semblait au bord de l'hilarité – comme si on m'avait livré un magazine érotique, et non un simple courrier. Nous ouvrons.

Cher Monsieur,
Ravi d'avoir de vos nouvelles. Le musée est ouvert tous les jours de temps sec, de 8 h à 15 h. Les visites ont lieu toutes les heures et démarrent à la demie. Comptez environ 40 minutes pour le tour complet. Entrée à droite du lot 51

(cave à porte bleue). Prévoir gants.
Sincèrement,
C. Maldebec, Conservateur.

◇

Le dimanche suivant, nous nous engageons dans l'escalier de la cave. Je porte mes gants de ski, restitués par Bastien à cette occasion ; lui, des gants de cuisine en matière élastique. Seul souci : le lot 51, ça ne me dit rien. Plusieurs caves ne sont pas numérotées ; le plan d'évacuation ne nous renseigne pas. Nous passons la porte éventrée et parvenons à la mienne. Je crois me souvenir de la direction que Maldebec a prise, la fois où nous nous sommes rencontrés. Des pots de fleurs et des planches mitées encombrent la voie ; nul doute que les voisins utilisent cette aile abandonnée du second sous-sol pour jeter ce qu'ils ne veulent pas remonter. Nous passons le coude suivant ; la lumière électrique n'éclaire plus jusqu'ici. Le sommet de la galerie se rapproche de nos cheveux. Les serrures renforcées de la copropriété font place à des loquets rouillés, qu'on ferait sauter d'un coup d'ongle. On aperçoit l'intérieur des caves à travers les lattes vermoulues. Au fond, cul-de-sac : un mur suintant surmonté d'un étroit soupirail, à peine assez large pour Jean-Paul. Par l'autre chemin, une nouvelle série de vantaux branlants et de grottes vides. Par l'une d'elles, fracturée, souffle un puissant courant d'air. Les torches nous révèlent une vaste pièce, de terre battue, sans issue apparente. Après un nouveau coude, dans une atmosphère si dense et poussiéreuse qu'elle paraît solide, notre attention est attirée par une souris : à notre approche, elle fuit sous une porte, dont nous découvrons bientôt le cadre en ogive peint en bleu. Bastien s'apprête à l'enfoncer : à droite !, dis-je, l'entrée est censée être à droite de la porte bleue. Nous pointons les faisceaux de lumière de ce côté : une galerie s'enfonce en pente douce vers un étage inférieur.

Sous nos pieds, la terre sablonneuse fait place à des pavés arrondis par des semelles, ou des sabots. Nous longeons des murs de pierre grise et humide. Un maigre ruisselet coule dans une rigole, à gauche du chemin. Sans mon ami, j'aurais filé depuis longtemps. L'aventure, oui ; le danger, sans plus. D'ailleurs, à la faveur d'une hésitation que j'ai marquée avant de m'engager dans la descente, il a pris la tête de notre petit convoi. Enfin, un palier et une porte de fer, pleine, munie d'un lourd heurtoir. Nous heurtons. Pas de réponse. Je regarde l'heure : 11 h 10. Je propose que nous attendions quelques minutes, le temps que la visite précédente se termine. À 11 h 20, nous heurtons de nouveau. Des pas. Maldebec ouvre ; il faut se baisser un peu pour entrer. Bonjour et bienvenue, commence-t-il. Le guichet est juste là, sur la gauche – veuillez me suivre.

L'accueil est plongé dans la pénombre. Une petite loupiote attachée sur le chapeau du conservateur nous permet de distinguer son visage. Pas de lampe-torche, pas de lumière de téléphone, s'il vous plaît, nous demande Maldebec – vos yeux seront habitués dans un instant. Nous avançons et Bastien se cogne dans un comptoir de bois. L'hôte déchire deux tickets d'un carnet à souche : dix-huit euros, s'il vous plaît. Un peu perplexe, je lui tends un billet, et l'entends fouiller dans un bac avant de me rendre la monnaie. Peu à peu, le décor passe d'un noir sans nuance à un gris sombre, qui me permet de percevoir angles et volumes. Les murs de moellons apparaissent, le guichet, quelques sièges de cuir, l'imperméable-redingote de Maldebec.

Le musée du Hasard est au fond, lance le conservateur quand nous passons dans la pièce suivante. Le couloir que nous arpentons dessert une série de portes en bois, à double battant, pareilles à celles des granges. Je lis le mot vestiaire sur la première, à droite ; en face, les reflets d'une automobile – une irruption d'autant plus étonnante que l'immeuble n'a pas de parking. Les autres battants sont fermés. Et ici, je demande. Il se retourne. Ici, c'est l'infirmerie ; en face, l'école maternelle ; les enfants vont bientôt sortir déjeuner. La cantine, juste à droite. Nos pas résonnent dans la galerie de pierre nue. B. ne parle pas. Il inspecte les recoins. Maldebec tire une montre de sa poche intérieure : 11 h 30, parfait. Il ouvre une paroi métallique coulissante et se poste à l'entrée en tendant la main. Je passe le premier et lui tends mon ticket. Place 4, dit-il. Puis à Bastien : place 7, je vous prie. Dans le musée, un souffle frais m'effleure le visage. Aucun bruit, aucune lumière naturelle ne parvient jusqu'ici. Un infime halo gris sourd de lampes régulièrement disposées le long du mur, dans un boyau immense qui prend un virage après vingt ou trente mètres. Devant nous, une quinzaine de wagonnets de bois, dont le gérant des lieux nous désigne le numéro 4 (le mien) et le septième, trois places plus loin. Chacun des baquets est lié au précédent et au suivant par un morceau de corde. À la tête du cortège, un lourd tricycle, sur lequel le conservateur grimpe. Je m'assieds dans le wagonnet et suis surpris d'y trouver un certain confort : deux coussins, un plaid, une sorte de guidon fixé à l'avant.

Le principe est simple, nous crie Maldebec depuis la tête du convoi, c'est le musée du Hasard ! Il suffit de laisser traîner ses mains et de ramasser ce que bon vous semble. Vous trouverez des objets sans autre intérêt que leur histoire, d'autres plus convoités. Croyez-vous au hasard ?, nous interroge-t-il sans se retourner. Bastien ne répond pas, ou alors je ne l'entends pas. Évidemment, je jette au conservateur, qui ne réagit pas. Le hasard est une force étrange, vous ne trouvez pas ? Tiens, observez : je viens de dire force alors que beaucoup lui prêtent les traits d'une absence ! Le hasard, ce serait l'absence de plan établi, de destin, une sorte de vent aveugle qui souffle dans nos pattes les événements qui lui tombent sous la main. Et pourtant, je dis force – on entend un craquement, plus loin dans la galerie –, parce qu'on tâche de se le mettre dans la poche, on le supplie. Alors, force ou absence de force ? Comment vous êtes-vous rencontrés, tous les deux ? Par hasard, je dis. Comme tout le monde, assène-t-il avec sévérité. Il commence à rouler. Avez-vous des choses en commun, tous les deux ? Avez-vous le sentiment que votre vie aurait été incomplète, si vous ne vous étiez pas croisés ? Je murmure un oui que personne ne peut entendre. Bonne visite ! Et il démarre.

L'un des cahots du baquet de bois me rend un instant ma lucidité : qu'est-ce que je fous là, dans un wagonnet à vingt mètres sous terre, conduit par un fou à redingote ?! Je jette un regard en arrière : Bastien remonte des objets du sol, tente de distinguer leurs contours, les rejette. L'assise est si basse que je peux laisser traîner mes doigts gantés dans la poussière. Je dispose mes mains en conque pour y faire glisser ce qui traîne. À gauche !, hurle le conducteur.

L'image stroboscopique d'un énorme animal immobile, les pupilles luisantes, s'imprime dans mon cerveau. Je manque sauter de ma carriole. Je remonte dans le bac de pleines poignées de tickets de métro usagés, stylos à bille, clés orphelines, bouteilles vides. Y a que de la merde, je braille à Bastien, qui éclate de rire et balance un carton au-dessus de sa tête. Une chaussure. Un tube de colle. Je fiche tout par-dessus bord. Ça sent l'arnaque de fête foraine. Puis je vois un gros machin noir et rond que je prends d'abord pour un ballon ou une boule de bowling. J'attrape. Un casque de moto couvert d'autocollants mais en état correct. Ça peut servir, ou alors ça se vend. Bingo !, je lance en arrière. Bingo aussi !, réplique B. J'utilise le casque pour ramasser tout ce qui traîne : pièces, jouets, tournevis, je ferai le tri plus tard. Maldebec va de plus en plus vite ; dans les virages, le cortège se soulève d'un côté et retombe dans un fracas de métal fatigué. Bréguet dans deux minutes, nous prévient-il. Je m'active un peu. Lorsque le conservateur ralentit, je parviens à distinguer quelques formes au sol, et je dirige mon casque-râteau avec précision. Le convoi s'immobilise dans un nuage de poussière. Je fais un peu de tri avant de me lever. Un cutter sans lame, un stylo-plume sans plume, des pelures de citron, des centimes de francs, des trombones écartelés, une montagne de graviers, des cadavres de mouches, un sachet de plastique qui se révèle être un masque hideux, blanc et mou, avec des trous pour les yeux mais pas la bouche : ouste. J'accepte néanmoins quelques menus trésors : un mystérieux collier de chien avec des (faux) diamants incrustés dans le pourtour de cuir ; une balle de tennis presque chauve ; un pin's de chien de chasse en train de courir après des canards.

Maldebec nous fait signe de nous lever. B. sort de son wagonnet et ne dit toujours rien ; si bien que je me demande un instant si la profondeur ou la pression de l'air ne m'a pas rendu sourd. Absolument pas, puisque j'entends le conservateur nous appeler. Me tournant une dernière fois vers le train de bois, je vois une silhouette se lever d'un baquet, au fond. Gardez ce que le hasard a placé dans vos mains et suivez-moi, susurre-t-il. Nous passons une porte et prenons un chemin perpendiculaire à la route du convoi. Après quelques mètres, une seconde porte, plus basse, et une vaste salle où la lumière du jour se faufile par une série de soupirails, au sommet des parois. Bastien et moi restons tétanisés ; le guide sourit en observant notre réaction. Au milieu de l'espace, un escalier de pierre noire en spirale, gigantesque, large d'une dizaine de mètres et haut de douze. À l'intérieur de cette hélice, une seconde évolue à contretemps de la première, figurant une réplique géante, sombre, de l'ADN tel qu'il est figuré dans les manuels de biologie. En nous approchant, nous découvrons un hérissement de marches très fines, semblables à des crans. C'est une construction curieuse, inexplicable ici, et malsaine dans l'absolu, trop détaillée, trop précise, trop compliquée pour rien. Un millier de crans plus tard, nous parvenons au sommet ; Maldebec ouvre une porte, se hisse, nous le suivons. À nouveau, une terre de sol battue, une odeur d'humidité, les vrombissements d'un local technique d'ascenseur. Nous voici dans le réseau de caves d'un autre immeuble, que je ne connais pas. Notre guide s'oriente sans problème, et s'arrête à un croisement. Nous nous quittons ici, s'explique-t-il, je dois aller m'occuper du groupe suivant. J'ai été enchanté de pouvoir vous présenter le musée du Hasard ;

bien dommage que cela vous ait pris si longtemps de vous décider à venir ! Mais nous aurons le temps de nous rattraper. Nous pourrons bifurquer, la prochaine fois, et prendre jusqu'à Ménilmontant ; la pente est très amusante pour ceux qui ne la connaissent pas. Êtes-vous satisfait de votre récolte ?, nous demande-t-il en observant mon casque plein de babioles. Nous lui assurons que oui, et que nous reviendrons. Il tire de sa poche intérieure un bâtonnet de craie, et trace sur le mur attenant le chemin de la sortie.

◇

Qu'avons-nous vécu ? Bastien ne recouvre la parole qu'après plusieurs minutes, au café du boulevard Richard-Lenoir. Il est midi, le restaurant est plein ; le serveur a proposé de nous placer au comptoir, ce qui nous convient. B. se tient la tête et suit le trajet des bulles, le long de son verre de limonade. J'ai commandé un expresso, double dose, et me suis brûlé tout l'intérieur du palais. Mon voisin me fait répéter l'histoire de ma rencontre avec Maldebec : où, quel jour, dans quelles conditions, ce qu'il m'a proposé, ses mots précis, ce qu'il portait, vers où il est parti, etc. Je lui tends la carte de visite, que B. retourne cinq fois avant de réaliser qu'il n'y aura jamais de troisième face. Ça aide peu, conclue-t-il avec une moue. Nous mettons en commun nos rares connaissances sur les sous-sols de Paris. Il y a bien le réseau de métro, qui circule à cinq ou sept mètres de profondeur ; et nous étions au moins, d'après nos estimations, à une vingtaine de mètres sous terre. Nous viennent à l'esprit les catacombes de la ville, dont l'entrée nous semble plus au sud, vers Denfert-Rochereau.

Mon ami opine du chef. Il les a visitées, me dit-il, deux fois. Mais le périmètre de l'ossuaire ne dépasse pas les frontières du 14e arrondissement. Il n'a jamais été tenté de rejoindre un groupe de cataphiles pour explorer les tunnels interdits au public ; il en a rencontré certains, mais leurs motivations (boire, fumer, peindre, faire la fête) ne l'intéressaient pas. Les autres sont des spéléologues confirmés, capables d'escalader, de se repérer avec aisance, de se glisser dans les chatières, ces étroites galeries creusées dans la roche pour contourner les accès condamnés par la police souterraine. En fouillant Internet, tandis que Bastien continue à se gratter le nez et à dialoguer avec ses bulles, je vois qu'il existe deux réseaux souterrains principaux : le Grand Réseau Sud (GRS) et « le treize », sous le 13e arrondissement. Les catacombes sont une petite fraction du GRS, qui s'étend sur près de trois cents kilomètres sous terre, à des profondeurs variables. En dehors de l'ossuaire, dont l'accès est permis aux curieux, le reste des couloirs est interdit au public. Les amateurs de sensations fortes et ennemis des arrêtés préfectoraux se glissent par des accès variés (caves privées, bouches d'égout) dans le réseau, pour se rendre dans des zones déjà défrichées (comme le Château, une salle basse de plafond, où l'on trouve quatre gargouilles et un château sculpté, ou la Plage, une pièce sableuse, occupée au siècle dernier par des brasseries) ou tenter d'en cartographier de nouvelles, à leurs risques et périls. Pour empêcher les importuns de continuer à visiter les sous-sols de la ville, la préfecture a mis en place une police spéciale, et procède à des comblements par injection d'une variante de béton. Des périmètres entiers deviennent inaccessibles au public, même spéléologue et peu claustrophobe. Problème : le Grand

Réseau Sud, et l'indice se trouve au cœur de son nom, s'étend sous les arrondissements austraux (n°12, 14, 15, 16). Au nord de la Seine, pas de tunnels, hormis ceux, artificiels, qui serpentent à travers caves et parkings. Nous revenons donc, il faut nous y faire, d'un lieu impossible où nous avons vécu des événements improbables.

Assez de questions pour le moment. Un peu goguenard, je présente à B. mon butin : casque de moto (la jugulaire est déchirée), collier de chien, pin's de chien et canards. Je lui offre la balle de tennis pelée en riant : le musée du Hasard porte bien son nom. De son côté, un petit livre à couverture de cuir, marqué Au revoir. Rien de plus. Il ouvre le carnet. À l'intérieur, sur chaque page, des cartes, des cartes, des cartes, tracées à l'encre et au crayon, sombres, minuscules et précises. Fascinant, je dois l'admettre. Il parcourt chaque page avec avidité, écarquillant parfois les yeux ; moi, je suis incapable de faire la différence d'un schéma à l'autre. Nous terminons nos verres et demeurons un instant assis sur les hauts tabourets du comptoir, lui plongé dans ses rêveries, mutique, moi encombré de mes trouvailles. Il est temps de rentrer.

- 20 -

Notre visite obsède B., qui me tanne trois fois par semaine pour retourner au musée du Hasard, et demander des explications à Maldebec. De mon côté, c'est non merci : une fois c'était très bien, pas question de faire de ces sorties un hobby récurrent. En attendant que je cède, Bastien enquête avec efficacité. Il a trouvé en accès libre des plans cadastraux de certaines copropriétés ou bâtiments administratifs, oubliés en ligne après une vente ou un appel d'offres. Il a recensé tout ce que nous avons croisé sous terre, le guichet, l'école, l'infirmerie, etc. Il lui arrive de faire ses recherches pendant qu'on regarde un film, ce qui m'agace au plus haut point. J'ai l'impression de passer ma soirée avec un babysitter qui me colle devant la télé pendant qu'il fait des choses importantes. Et il émet de petits chuintements chaque fois qu'il trouve (ou croit trouver) un indice : mais non, oh, attends mais. Irritant.

J'ai trouvé un truc, m'informe-t-il un soir, au téléphone, avec une voix de fou : tu te souviens de l'escalier bizarre qu'on a monté la dernière fois ? Avec ces toutes petites marches, comme des crans ? J'arrêtais pas d'y penser, on construit pas un escalier pareil sans avoir une idée derrière la tête. Bon, et, je dis en bâillant. Il me rappelle que nous étions au niveau de la station Bréguet-Sabin ; ses recherches l'ont mené au nom d'Abraham-Louis Bréguet, physicien, mécanicien, horloger et inventeur du tourbillon, un mouvement perpétuel à l'intérieur du mécanisme qui permettait en théorie de diminuer l'influence de la gravité sur la justesse des montres. Bastien est persuadé que l'escalier en double hélice représente cette pièce d'horlogerie. Je suis convaincu à hauteur de 20 %, et encore. Alors il s'est penché sur le cas d'Oberkampf, prénom Émilie : cette philanthrope a inventé, du moins subventionné et soutenu, l'école maternelle. Et Maldebec, il me le rappelle, a mentionné une école maternelle dans les galeries souterraines, juste avant l'entrée du musée du Hasard. Je ne sais pas trop quoi penser de tout ça. D'une part, je trouve l'énigme assez attirante. De l'autre, je crains et déteste cette personnalité exaltée que je ne lui connaissais pas. J'aime son mystère, sa réserve, je l'admire parce qu'il est capable de finesse et de courage alors même qu'il garde ses émotions pour lui. Le voir aussi agité me dérange. Pour éviter d'être trop exposé à sa passion, je lui signifie mon ennui ; si nous regardons un film et qu'il décide de m'entretenir de ses dernières découvertes, je montre l'écran, l'air de dire qu'on est ici pour ça, pas pour papoter. Si nous sommes chez moi, Jean-Paul se contorsionne d'aise sur mes genoux, ravi que j'envoie paître cet homme qu'il n'aime toujours pas. Je lui ai passé le collier du musée autour du cou, avec un médaillon sur lequel j'ai écrit mon numéro de téléphone. Un chien de petite taille a dû le porter avant lui ; des fausses pierres miniatures parsèment le tour de cuir. C'est un objet très moche et très beau. Il ne l'a pas apprécié au début ; maintenant, il adore que je le gratte à la base du cou. Le médaillon dit (c'est de moi) : *Je m'appelle Jean-Paul, comme Belmondo et II.*

Mon malaise finit par m'interroger. Les émotions à vif de B. ne devraient pas me pousser à prendre mes distances ; au contraire, m'approcher au plus près du réacteur de ses idées devrait me combler, moi qui mérite donc sa confiance. Je crois que je regrette de n'avoir jamais eu avec lui d'explication au sujet de notre guerre de voisins. En façade, les souvenirs de cette époque (petits mots, chewing-gum, etc.) nous font sourire ; cependant, au fond de moi, je ne pourrai jamais oublier que cet homme s'est levé, une nuit, a escaladé mon échafaudage, m'a pris en photo pendant que je dormais, et a entrepris de forer la poignée de ma chambre – probablement dans l'intention de l'ouvrir. Je ne peux pas m'empêcher de penser que seul un dingue pourrait se livrer à une pareille extrémité. Ça, et ses disparitions périodiques, ces moments où il est si, quoi, agité, en colère, concentré ?, qu'il en devient incapable de répondre au moindre message. Certes, chacun de nous contient une part d'ombre ; la sienne, néanmoins, me paraît plus dense, plus insaisissable. De ces parts d'ombre dont on dit après un crime atroce qu'il y avait bien quelque chose de curieux, chez ce voisin par ailleurs charmant. Tout ce que Bastien Groin est, à côté de ça, me fascine : son coup de crayon, son audace en soirée, son métier, sa farouche indépendance, sa réserve, son humour, et j'en passe. Mais, toujours, une petite voix au fond de moi murmurera que c'est un fou, un malade, un psychopathe, un tueur en puissance, un déséquilibré, un meurtrier-né, un assassin, jusqu'à l'os. Le rencontrer dans ces moments d'exaltation est un supplice pour moi, parce qu'il devient impossible de faire taire cette petite voix. De la même façon que les pupilles d'un extraterrestre brillent d'une couleur verte pour nous rappeler parfois, malgré son apparence humanoïde, qu'il vient d'une autre planète, chargé de projets inconnus.

◇

Pendant le mois qui suit, je cède et nous descendons une nouvelle fois dans les souterrains, sans prendre rendez-vous avec Maldebec. Il nous accueille de la même façon, sans plus de surprise, et nous guide vers le guichet puis le tunnel du musée. C'est une sortie lugubre. Le hasard (par les mains de notre conducteur) m'a attribué la place n°18, dans le dernier wagonnet ; Bastien est dans la deuxième. Pendant une longue partie des virages, ou à l'amorce des pentes, le guide et mon ami sont si loin que j'ai l'impression de voyager seul, dans un train de mine branlant tiré par des êtres invisibles. La surprise de la première fois avait neutralisé l'angoisse : cette fois, je suis terrifié, et n'ose pas lever les yeux de la piste, par peur d'apercevoir un gros animal ou des rangs de pendus. La traversée est beaucoup plus longue. L'itinéraire que Maldebec a choisi grimpe : le cortège monte à faible allure, ce qui accentue mon sentiment de solitude et de détresse dans ces parages enténébrés, où chaque bruit ricoche. Je ne suis pas d'humeur à faire la chasse au trésor – je ne ramasse rien, sinon un objet brillant, que je crois être un minuteur en forme de pomme (j'en avais besoin pour ma cuisine), et qui se révèle être une simple pomme, que j'éjecte avec dégoût. B. n'a rien ramassé non plus. Le train s'arrête et nous descendons en nous étirant les cuisses.

Il harcèle de questions notre guide, qui ne souhaite répondre à rien et marche en silence dans le couloir perpendiculaire au circuit de train. Un éclairage de bougies posées au sol projette son corps grand et maigre sur les parois de calcaire luisantes. Taiseux, énigmatique, et surtout maître de notre orientation, il se charge d'une aura glaçante, et je ne serais pas étonné de lui voir pousser des ailes ou des cornes au détour d'une allée. Je prie à voix basse mon ami de le laisser tranquille. Une lourde porte.

Derrière, un étroit couloir par lequel Maldebec disparaît à pas rapides. Nous ne le retrouverons plus de la journée. Un panneau « Belle vue » pointe l'entrée du passage. Bastien appelle le conservateur plusieurs fois, et ne reçoit en réponse qu'un angoissant écho. Il ouvre la marche. J'allume la torche de mon téléphone. Le boyau ne doit pas mesurer plus de deux mètres de haut, sur un mètre et demi de large. Je prends conscience de ma difficulté à respirer, comme si un filet enserrait mes poumons. B. avance sans hésiter jusqu'au premier croisement : nous prenons à gauche, obéissant à la loi du hasard. Cul-de-sac. En revenant au point de départ, la lumière accroche un détail à hauteur de nombril : un panneau métallique de quelques centimètres carrés indique rue Darboy. En continuant, elle devient rue de l'Orillon. Je reconnais les noms du quartier de Belleville, à la surface. La rue de l'Orillon mène jusqu'à la station de métro, sur le boulevard. J'ai le souvenir d'un café de l'Orillon, où j'ai bu du vin (rouge, clair) à un comptoir de zinc, pressé de part et d'autres par des épaules et des coudes, en partageant une coupelle de rillettes. Malgré l'inconfort relatif de la scène, j'en garde un bon souvenir. À mi-chemin du métro, sur la droite, un jardin miniature est creusé dans la paroi. Au grillage court et au sol sableux, on reconnaît un square, peint à la façon d'une crèche dans les églises catholiques. Une vibration malsaine se dégage de la réplique. La minutie à l'œuvre dans le cisèlement des feuilles et les vêtements des visiteurs est inquiétante ; on a du mal à s'imaginer un artiste s'activer (de son plein gré) dans ce souterrain pendant des jours entiers. Je refuse de toucher quoi que ce soit, par peur de déclencher une improbable alarme. Fasciné, B. promène son appareil photo jusqu'au fond du square, s'attarde sur les visages des santons, les carrés de pelouse. Je lui intime d'avancer : je commence à manquer d'air. Rues Morand, Vaucouleurs... Le couloir parfois zigzague pour mieux nous désorienter. Nous nous heurtons presque à la réplique grotesque d'un camion-poubelle, au moment de déboucher sur le boulevard. À gauche : rue de la Présentation. Des automobiles en métal, hautes d'une cinquantaine de centimètres, gênent notre progression. Il faut les contourner, et si c'est impossible, les enjamber. À main droite, un long bâtiment, crépis gris et fenêtres à barreaux rouges : une école, probablement. Faisant la lumière de ce côté, je sursaute en découvrant des enfants aux yeux disproportionnés, en larmes, pressés contre les vitres. Ces silhouettes de cire donnent une désagréable impression d'ondulation. Peut-être les vitres, gondolées par l'atmosphère humide, renforcent-elles l'illusion de mouvement. Les proportions des immeubles, objets, êtres se contredisent d'un pas à l'autre. Parfois microscopiques, parfois diminués de moitié. Les deux sont également pénibles : les premières dans l'extrême détail qui préside à leur fabrication, et interroge sur les motivations des sculpteurs, les secondes en ceci qu'elles approchent la réalité et paraissent animées d'une demi-vie. Rue Louis-Bonnet, je compte que nous serons bientôt sur le boulevard, sortis d'affaire. Des imitations d'affiches publicitaires et de devantures de commerces jalonnent le chemin. Au fond, pas d'issue mais un large miroir qui nous renvoie notre image. L'horreur. Demi-tour. Rue de la Présentation, puis rue du Faubourg-du-Temple, où nous effraient la finesse des pavés, du bar-tabac Le Jean Bart, avec son store rouge, ses tables de bois usé, ses personnages hilares en terrasse. Nous remontons. Je me tiens sur mes gardes, persuadé que l'un des nains décoratifs va se mettre à bouger et nous attaquer. Ou pire, nous parler. Les figurines nous arrivent à l'aine. La pente de la rue est plus marquée. Je réclame une pause d'un instant. Fidèle à ce que j'espérais, Bastien Groin se montre ferme et vaillant ; rien ne lui est plus étranger que le sentiment de terreur. C'est en arrivant de nouveau au large miroir que le mot de labyrinthe se fraie un chemin dans mon esprit. La station de métro Belleville s'ouvre devant nous, avec ses escaliers. B. inspecte les profondeurs de la cavité. Il faut passer par là, dit-il.

Je ne souhaite à personne de connaître cette sensation de ramper dans un conduit sous vingt mètres de terre. On inspire à travers un chas d'aiguille. La tête ordonne d'avancer et les muscles refusent. Une colère énorme se fait jour en moi, contre la manie de B., plus encore contre Maldebec, cette pourriture scoliosée, ce faux aristo d'égout, avec son chapeau ridicule, ses manières ridicules, son train à la con, ses énigmes minables, etc. Je choisis de ne pas initier de règlement de comptes avec B. ; j'ai besoin de lui pour sortir. Je serre la mâchoire. Les fausses marches de la station raclent mon dos, puis l'arrière de ma tête. Bastien est déjà de l'autre côté. J'ai le temps de distinguer, en bas, les portiques miniatures, un agent d'accueil, les murs carrelés de blanc... Qui peut avoir gâché son temps à sculpter ces horreurs ? Allongé en travers de la maquette, les pieds dans un escalier, les cheveux dans l'autre, je me sens comme un géant : pas puissant, mais malhabile et ridicule. Je rejoins B. qui s'époussette au pied de la rue de Belleville. Je crois deviner un sourire sur sa bouche. Le dénivelé est plus marqué de ce côté. Le conduit donne aussi l'impression de se rétrécir ; au niveau de la rue Denoyez, nous sommes forcés d'obliquer. Les vitrines, les commerces, les passants et deux-roues prennent des allures plus difformes encore à mesure que nous progressons. Au gré des bifurcations et rétrécissements du boyau, les éléments gagnent en précision ce qu'ils perdent en justesse des proportions : bus minuscules, visages tordus, cafés de guingois, parkings rupestres, etc. Les badauds sont creusés dans les murs ou scellés dans le sol glissant. Vision de cauchemar, possible et impossible. Je me pince jusqu'au sang, et ne parviens qu'à m'arracher un couinement : Bastien se retourne, dubitatif.

Au terme du passage, la rue Ramponeau et un dilemme : gauche ou droite. Du côté de la montée, le chemin se resserre en goulot. Mon ami fait signe de marquer une pause. Pour la première fois, il demande ce que nous cherchons. La sortie, réponds-je avec agacement. Tout est symbolique, là-dess : il n'a pas le temps de finir que j'explose. On s'en fout de ces conneries, on essaie juste de sortir, on se fout du sens, on se fout des symboles, on se fout des runes ésotériques, on se fout de ces délires de vers de terre, on se fout de tout ça, de ces cartes, de ce musée de merde, de ce crétin de guide, on se fout du sens, je veux juste SORTIR. Voilà ce que je lui jette à la tronche, et qu'il semble mettre un instant à digérer. Dans son regard, que je soutiens à grand-peine, je vois une ombre passer : il hésite à me tuer, j'en suis persuadé. Il prend une longue inspiration et se frotte l'intérieur des mains, un de ces gestes d'enfant dont on garde l'habitude pour retrouver la sérénité d'alors. La lueur a quitté ses pupilles. Il comprend ma colère, dit-il. Je ne dois pas l'exprimer de cette façon, mais il la comprend. Ce qu'il tentait de dire n'a pas de lien avec ses recherches ou sa curiosité : sa seule préoccupation est de trouver l'issue. J'accepte tout ce qu'il me dit, avec la conviction que je viens d'échapper à une fin abrupte. J'ai cru, raisonne-t-il, que la sortie serait au niveau du métro, dans la mesure où ce réseau souterrain bizarre est construit selon le plan du métro. Mais ce n'est pas le cas. Belle vue, je chuchote. Hein ? Belle vue, c'est ce qui était marqué à l'entrée du tunnel. Alors il faut monter. Plus on monte, plus on a une belle vue. Je le dévisage avec un mélange de haine, de désespoir, de crainte, de chagrin. L'oxygène finira par manquer dans ces conduits. Nous prenons la direction du nord : nous montons, et les couloirs rapetissent. Alors il faut tourner, sans cesse viser le nord, le nord, le nord. En ignorant la tentation des ruelles qui s'ouvrent, plus large, dans le sens inverse. Quand j'étais enfant, les premières leçons de natation à la piscine municipale m'ont terrifié. La responsabilité en revient au maître-nageur, un abruti fier de sa perche, en short très court, heureux de trouver enfin des natures assez faibles pour s'en remettre à lui. Je remarquais qu'il prenait du plaisir à m'entendre l'appeler, la gorge à moitié pleine d'eau chlorée. Il faisait claquer ses tongs le long du bord, sans se presser, et me tendait son bâton. Rien ne m'a été aussi désagréable, depuis, que la sensation des jambes qui battent dans le vide, et du menton qui se noie au ralenti. Parfois, ma mère venait me chercher, qui interrogeait le maître sur mes progrès : lui souriait, frictionnait mes cheveux trempés, comme si nous étions de grands amis. Je n'ai jamais aimé nager, jamais aimé l'eau, moins encore l'océan et ses promesses terrifiantes. Dans mes pires cauchemars, fréquents la veille des leçons, je rêvais qu'un revêtement couvrait toute la piscine, au ras de l'eau, lorsque je remontais à l'air libre. Je ne pouvais respirer qu'en collant ma bouche à la paroi horizontale. Personne ne m'entendait ni ne me voyait. C'est une sensation similaire que je retrouve dans les étroits passages, qui vont en s'étranglant : rue Bisson, rue du Sénégal. Nous entrons en rampant dans ce qui figure le parc de Belleville. Les réverbères se gondolent contre le plafond. Des amoureux lubriques, de la taille de poupées articulées, sont représentés dans des positions obscènes. Les parois sont peintes en vert et taillées comme des buissons grossiers. Enfin, à quatre pattes, nous apercevons une lumière : le jour ! Le jour... B., méfiant, s'approche de la source. Une lumière faible et jaunâtre tombe d'un trou dans le plafond, de la taille d'une pièce de monnaie. En poussant, nous dégageons une plaque de fer et émergeons dans une sorte de cale de bateau : briques en morceaux, air moisi, planches disjointes au-dessus de nos têtes. B. soulève une seconde trappe et pénètre dans une cave inhabitée, dont la porte est ouverte. Sortie rue des Couronnes, au dos du parc. J'aspire comme si l'oxygène coûtait une fortune.

Du trajet retour, je ne dis pas un mot à Bastien. Lui-même parle très peu, et son maigre discours est fait de pensées qui n'attendent pas de réponse. Je suis enragé d'avoir eu peur – et qu'il m'ait vu ainsi. Nous passons devant le Jean-Bart, le café de l'Orillon, le square, autant de lieux que je ne pourrai plus voir sans le souvenir gluant de leur réplique. Près de chez nous, mon voisin sort un carnet et commence à griffonner : une seconde, me demande-t-il en fronçant les sourcils. Je continue à marcher sans l'attendre et regagne mon appartement. J'allume la radio et je m'endors.

- 21 -

Les semaines suivantes apportent du changement. Avec B., la communication est rompue. Je me rabats sur le Tailor, le timide Franck, le sanguin J. Le premier me questionne sur l'absence de Bastien, à qui il s'était habitué à défaut de l'apprécier. Je suis incapable de lui expliquer d'une autre façon qu'avec un geste de la main, évacuateur, sentant que les larmes pourraient me venir. Mon amitié avec ce voisin a eu l'intensité et la brièveté d'une amourette de vacances ; le sentiment est différent, mais la carence est cousine. J'enterre son souvenir sous des litres de bière, fraîche et mousseuse. J., fidèle à lui-même, a le mérite de ne poser aucune question. Pour un peu, il pourrait ne rien avoir remarqué. C'est ce que j'apprécie chez lui : il se tient à mi-chemin de l'homme et du bélier. Je m'ennuie, donc bois plus. J'espère atteindre ces sommets d'ivresse joyeuse, de rires, d'aventures, dont j'ai fait l'expérience ces derniers temps. Franck et moi allons voir *Split*, le nouveau M.Night Shyamalan : je m'ennuie. *Neon Demon* : à mourir. *La Maison des ténèbres* : débile. Après chaque séance, je l'invite au Tailor. S'il est fatigué, j'offre la première pinte, que j'avale en une minute. Une fois, je noue un vague contact avec des touristes allemands, au comptoir, en mimant l'approche détendue et souriante de B. Mais là aussi, je m'ennuie. Franck remarque mon trouble, mes bâillements, et il s'en inquiète ; je suis incapable de lui parler avec sincérité. Je repousse avec vigueur ses invitations à l'ouverture et surjoue l'homme en frappant le cul des verres à shots sur le comptoir.

Quand J. nous rejoint, les choses sont à la fois plus simples et plus minables encore. Il a un plus grand appétit pour l'alcool ; mais il faut boire plus pour tolérer la bêtise de sa conversation. Les récentes attaques en Californie (trente-et-une victimes) et dans le métro londonien (trois victimes) lui inspirent des sorties nauséabondes ; sous couvert de haine des terroristes, il vomit sans distinction sur musulmans, islamistes, femmes voilées, Arabes. Épuisé par avance, je refuse d'engager un débat avec lui. Il ne saurait rien entendre. Un soir, deux hommes entrent, qui s'installent au bar. Je crains le pire. S'ils entendent les cochonneries de J., ils vont nous tomber dessus. Fausse alerte : le temps que j'aille aux toilettes uriner en tremblant, ils sont tous les trois amis. Tu vois, je parle pas de ceux-là, me glisse J. entre deux rasades de tequila. En effet, les deux Dubaïotes, solides buveurs, comptent parmi les pires détracteurs de « nos » terroristes, et plus généralement des musulmans de France et d'Europe. Tout le monde rit de bon cœur, même le serveur. De plus en plus, Franck nous quitte vers minuit, ou avant. L'atmosphère ne lui convient pas. Il me propose à chaque fois de faire un bout de chemin avec lui, ou de sortir fumer une cigarette. Je refuse, craignant le silence ou une leçon. Quand nous nous séparons, je lis sur son visage une expression de chagrin. Il n'est pas triste pour lui ; c'est une forme de pitié pour moi qui le traverse – que je ne lui donne pas l'occasion de me dire.

Le tenancier du Tailor, mis en confiance par la fréquence de mes visites, ose parfois des taquineries sur ma consommation d'alcool. Il a pris un certain ascendant sur moi, qu'on a sur ceux dont on connaît le secret honteux. Je pourrais rentrer dans son jeu et rire de mon statut de soiffard en chef de son bar, mais je n'y parviens pas. Il arrive que le barman me propose des cocktails raffinés et tous plus idiots les uns que les autres : fleur de sureau, basilic, anis étoilé, sirop d'orgeat maison, jus de papaye, émulsion de grenade, poivre de Madagascar. J'accepte comme un chantage. On pose devant moi des verres en triangle, minuscules, que j'évacue en deux gorgées sans les sentir, avant de revenir à ma passion : une large pinte de pilsner, embuée de froid, que j'embrasse à pleine bouche, au point que la mousse me reste dans la moustache. On tente aussi de me fourguer des bières artisanales, brassées au nord de Paris, ou au sud d'une vallée voisine. Toutes se ressemblent, des ambrées un peu troubles, amères, au goût houblonné, dont on se lasse avant la fin du verre. Pour préserver mes airs de connaisseur, je les déclare excellentes, sauf une, parfois, que j'élis au hasard. Toutefois, passé minuit ou une heure du matin, la préciosité des liqueurs s'évanouit : la suite n'est que voyelles fondues, chutes, verres brisés, bouillie de souvenirs. Entre moi et un type qui boit le pastis à la bouteille, rien ne change, sinon la couleur des taches sur le menton, au réveil.

Pourquoi tu bois autant, m'ont parfois questionné des bouches pincées d'emmerdeurs et d'emmerdeuses, quand je m'empile les verres à l'intérieur du ventre ; je bois comme les autres, je réponds en général, pour qu'on me foute la paix. C'est faux. Je bois pour l'inattendu. Je bois parce que je m'ennuie d'avance des jours à venir. Parce que j'ai soif de communion, de rencontres, jolies ou absurdes. Chaque dernier verre, je le commande pour ça : pour croire que c'est encore possible, ce soir, que l'imprévu peut venir me taper du doigt sur l'épaule. Le premier verre de bière, c'est pour me détendre la tête et les os. Le dernier gobelet, plastique ou carton, canette de métal, c'est pour y croire encore, refuser que ce n'est pas pour ce soir. Je bois jusqu'au bout pour être prêt, si l'occasion se présente, à la saisir. Pour tromper ma peur, endormir ma vigilance et étouffer ma paresse. Je bois jusqu'à être une outre flottante, sans crainte, dont chaque personne, chaque événement peut divertir le cheminement. Je t'accueille, monde, dis-je alors. Je suis une flaque ; chacun peut s'y voir et me faire des chatouilles. C'est mon message. Je bois jusqu'à être une balle que tout amuse et intéresse. S'il faut rentrer, les poches vides d'histoires, au moins j'oublie tout. J'accueille l'amour, bien sûr, les bras béants, même s'il a l'haleine puissante ou une forte mâchoire, qu'il choisit mal son parfum. J'accueille l'ami, de tout ordre, qui dort par terre, qui parle sans cesse, qui ment, qui divague, qui a perdu son chien, qui a fait la guerre, qui sourit sans raison, qui parle une autre langue, qui saigne, qui boit du vin en plastique, qui est tombé. Je me suis réveillé à midi, j'ai vomi à treize heures, je suis en slip dans mon canapé avec un zoo dans le crâne et un rat mort dans le ventre, mais je m'en fous : seule l'aventure compte.

◇

Un soir, en sortant de l'agence, je manque de me faire réduire en bouillie par un cycliste lancé à pleine vitesse, rue du Château-d'Eau. Avant que j'aie eu le temps de l'insulter, il est déjà loin et m'a couvert d'une dizaine de jurons ; tout est rapide chez cet homme. En me retournant, je plonge le pied, jusqu'à la cheville, dans les flots débordants du caniveau. Je remonte le trottoir avec la sensation précise que tous les passants marchent dans le sens opposé. Bien dressé par les jeux vidéo rétro, je me faufile entre les épaules, évalue la taille des interstices et prévois les mouvements correspondants. Le monde est littéralement contre moi. Si les pupilles de tous mes assaillants se mettaient à briller en rouge, ça ne m'étonnerait presque pas. La ville ne m'a jamais semblé aussi violente ; tout est aigu, les coins de mur, les os, les susceptibilités. Les fins trottoirs sont surchargés de poussettes tout-terrain, de gangs adolescents, d'hommes pressés, de diables de location. Je parviens au niveau d'un croisement où j'espère marquer une pause. De l'autre côté de la rue, un café où l'on répare aussi les vélos ; horreur, mon cycliste y est arrêté, son véhicule les quatre fers en l'air, il a dû crever. Il suit chacun de mes mouvements, figé dans l'attitude d'un prédateur de documentaire animalier ; lorsqu'il hésite, non par peur mais en se demandant si le déplacement vaut le coup, s'il y aura assez à manger. Il est vêtu d'une tenue fuselée et brillante qui me laisse à penser que c'est un véritable sportif, vif et musclé. J'oblique à droite et m'éloigne à pas rapides, je ne veux pas être le dîner de cet inconnu.

Sur le boulevard Voltaire, la marée contraire gonfle. Toute une classe d'enfants, ou peut-être deux ou trois, paralyse le trafic piéton. Je me retrouve coincé entre un géant et sa baguette de pain, qu'il protège tant bien que mal de la pression alentour, et un vieil homme sec, gris, qui se sert d'un stylo à bille pour aiguillonner ses voisins immédiats. Pendant quelques secondes, nous sommes à l'arrêt. Un bouchon de trottoir. Si on mourait tous, d'un coup, nos cadavres tiendraient debout pendant des années, les uns contre les autres. Aucun événement ne justifie ce mauvais écoulement des passants dans les boyaux de la ville. Ça coince. Des bras sortent de la foule et nagent vers les extrémités. Certains cherchent refuge dans les magasins de consoles ou les boulangeries, au risque de ne pas ressortir avant un moment. Ceux qui sont sur des trottinettes se déplacent sans bouger un muscle, portés par les flots. Mon voisin géant a noué ses deux énormes biceps autour de son enfant-baguette, épargné pour le moment. Le vieux pique toujours des cuisses et des dos, et regarde ailleurs quand un passant furieux se retourne vers lui. Je finis par m'extraire de la mêlée et parcours les derniers mètres sur la route, quitte à me faire klaxonner.

◇

À la maison, je jette mon sac à dos par terre et me retrouve nez-à-nez avec le dessin d'Angel, que j'ai encadré et posé sur un radiateur du salon. Le banc public, nos deux silhouettes, celle de Jean-Paul, le nimbe mystérieux de l'ensemble... Je me sens seul. Angel m'a laissé son numéro au dos d'un manuscrit dont il a déchiré un bout. Je lis « glisse dans une purée de tripes vertes » et à la ligne du dessous « jamais pensé à ça, et pourtant » puis à la ligne du dessous « éponge paresseusement le carrelage ». C'est un numéro de téléphone fixe ; à chaque fois que j'appelle un fixe, ma timidité d'enfant revient, lorsque je demandais d'une voix chevrotante à parler à mes amis, persuadé que la famille au complet pouffait en embuscade derrière le combiné. Angel m'accueille d'une voix lasse, sans jamais me confier ce qui le tracasse. Je le questionne sur ses manuscrits et ses projets, mais toutes ses réponses sont plus courtes que mes questions. Est-ce qu'il projette de venir à Paris, je demande, avec l'espoir qu'il m'invite, en retour, à lui rendre visite. Pas pour le moment, me dit-il. Il manque à Jean-Paul, je précise, abattant là mon ultime carte ; le chat a dû comprendre parce qu'il s'étire sur la table basse, ce qui le fait ressembler à un dromadaire miniature. Ah, Jean-Paul, il est très mignon, oui. Nous laissons la conversation mourir poliment, et je raccroche. Je refuse d'admettre que mes yeux brillent de déception. Mon menton tremble assez légèrement pour que je puisse l'ignorer. Un paquet de cookies traîne sur la table du salon (trois barquettes de quatre biscuits) : j'en avale onze, tout secs, pour éponger les larmes de l'intérieur.

◇

À l'extrême fin de l'année, un usager du métro alerte le guichetier de la station où il prévoyait d'embarquer : une perceuse-visseuse est plantée dans le second mot du panneau Assemblée nationale. Tout se précipite : le guichetier saisit son talkie-walkie et prévient le central. L'usager, fébrile à l'idée de faire partie de l'enquête, souffle des conseils au guichetier. On définit un périmètre de sécurité : les deux hommes, pareils à des cônes de circulation, écartent les flots de voyageurs du territoire sensible. Une escouade de sécurité de la RATP arrive sur les lieux. L'inconnu et le guichetier sont félicités. Il faut attendre la véritable police pour toucher au moindre élément, mais au moins le voyageur pourra reprendre son voyage, et le portier son office. L'un et l'autre refusent de bouger ; il y a une odeur de scoop dans la station, et de toute façon, on peut tout faire sur les bornes automatiques. La police, enfin. Deux agents, mains dans le ceinturon, attitude sévère ; un homme sans matraque ni armure, en costume gris. Ce dernier étire des gants sur ses doigts et tire sur la perceuse pour la déloger. Doucement, puis un peu plus fort. Finalement, d'un coup sec, il la décroche et quelques miettes de mur viennent avec elle. À la télévision, on passe des images de la scène, les bandes jaunes qui entourent le mètre carré de l'incident, les passagers excédés par la perturbation du trafic, cette devise que je ne connaissais pas, au milieu de la station : Partout où sont ses membres, là est l'Assemblée nationale. Joli mais faux, je me dis.

Cet acte de vandalisme, nous l'apprendrons plus tard, est la dernière apparition du Foret. Les caméras de surveillance ont permis de repérer le terroriste, déguisé en technicien, en train de percer un trou dans le mot nationale, avant de quitter la station sans hâte. De la même façon que les autres fois, il n'a présenté son visage à aucune caméra, ni à l'aller, ni au retour. Sauf à l'une d'elles, située à l'extrême fin du quai, à la base des escaliers : à ce moment, il a levé vers l'objectif un masque blanc, inexpressif. Avec ses deux mains, il a montré un T : c'est ainsi qu'on annonce les temps morts, dans le langage des sports collectifs. Puis il a disparu. La commissaire s'est montrée satisfaite de ce que chacun imagine être un départ à la retraite. Elle l'avait annoncé la fois précédente, elle le redit : la capture approchait, et le déséquilibré l'a senti. L'enquête ne s'arrêtera pas là, et la police finira, elle le promet, par appréhender l'individu ; en attendant, que la capitale se rassure, la sombre menace des enquêteurs mobilisés sur le dossier a mis un terme aux agissements du Foret.

- 22 -

Ce soir, fête de fin d'année de l'agence. On a tendu l'espace du rez-de-chaussée de longs rideaux de velours. Sur des tréteaux, le cocktail habituel des pince-fesses : mini-hamburgers, verrines de saumon et avocat, micro-toasts de foie gras, bâtonnets de carotte en bouquet, et cette abomination de l'univers apéritif qu'est le pain-surprise, avec ses étages entiers de trahisons, de garnitures qui n'inspirent que le crachat, château fort qu'on démolit sans passion, le nez bouché, l'abandonnant à moitié démonté, ruine de fromage frais, de tomates séchées et de terrines grasses. En regard de ces étals solides, des régiments de coupes et de seaux à champagne, dont on entend déjà les pops aux quatre coins de la vaste salle. Ce ne sont que les barmen qui préparent les verres : pas question encore d'y toucher. Une directrice créative fait défiler sur l'écran géant les campagnes les plus marquantes de l'année (le film des poulets patriotes ne fait pas partie de la sélection de l'agence ; celui des pingouins en laisse est en cours de post-production). Quand ça lui semble nécessaire ou pertinent, elle complète les courtes vidéos par des commentaires bien sentis, économe de ses mots. Le contraste avec le directeur associé, à qui elle tend la manette, est saisissant. Il parle sans cesse, remplissant ses hésitations et les temps de chargement du logiciel de locutions creuses, comme on bourre un colis de papier journal pour protéger un pot de confiture. Les nouveaux clients, les contrats reconduits, les dernières recrues, les horizons glorieux : tout y passe. Il se fait rire, s'émeut ; l'attention se partage entre l'écran et les coupes pleines, dont la fraîcheur du champagne trouble les parois.

L'année dernière, j'ai séché la soirée de fin d'année, et m'en suis voulu : pendant des semaines, tout le monde se saluait avec candeur, d'un département à l'autre, d'un étage à l'autre. Chacun s'était vu dans ses habits de femme, d'homme, et non de collègue. Tout l'après-midi, mes voisins au service des études avaient tâché de me faire changer d'avis, parce qu'ils craignaient d'être seuls et voulaient s'assurer de quelques repères fiables dans la salle – des bouées sociales, si on veut. Se promener dans une soirée d'entreprise sans compagnie, un verre à la main, c'est triste – et ça se voit. Celle ou celui qui cherche un groupe auquel se joindre clignote dans la pénombre. C'est la démarche errante, l'hésitation, le plissement des yeux pour distinguer les visages. On sait que cette personne ne se rend pas au bar, ni aux toilettes. On s'en méfie, puisque celle ou celui qui vaque ainsi n'est pas demandé(e), voire fui(e). Mais il y a pire. Être accosté, dans ces situations de flottement, par l'un des parias de l'agence. Trente êtres environ, dont la liste évolue peu, sont considérés comme infréquentables. Ce ne sont pas les plus lubriques, ni les plus idiots, ni les plus vulgaires, mais les plus ennuyeux et / ou étranges. Étranges dans le sens où ils promènent un sillage de malaise dans leur dos, tissé de rires à contre-temps, de plaisanteries cryptiques, de scrutements insistants, de propositions qui n'intéressent personne, de conversations qui n'intéressent personne, de loisirs de vieux, de mauvaise haleine et de vêtements hors-sujet. Être abordé par un paria en état de flottement, c'est, à l'échelle de la vie sociale d'ici, un danger équivalent à une sieste sur la bretelle d'arrêt d'urgence de l'autoroute. Les parias ont des petits crocs à l'extrémité des doigts ; il est difficile de s'en débarrasser.

Ils n'ont plus rien à perdre : des phrases-piège comme *J'ai l'impression que tu préfèrerais être ailleurs* ou *Je t'ennuie ?* font partie de leur terrible arsenal. Ou alors, ils parlent si vite, enfilant chaque mot sur le précédent, qu'il devient impossible d'intervenir et de prendre congé sans se montrer violent. Qu'on vous surprenne en conversation avec un paria, et vous serez le sujet de railleries dès le lendemain, ou le soir même. De railleries et de soupçons. Les parias portent la peste bubonique, ou le vigoureux virus T de *Resident Evil,* celui qui fait baver et mordre ses voisins : tout ce qu'ils touchent doit mourir par les flammes.

Ce soir, je passe donc l'immense porte de l'espace, au rez-de-chaussée, avec la liberté d'esprit que donne l'inconscience. Je ne sais pas vraiment qui sera là, et j'ai décidé de m'en ficher. Une fois les discours terminés, l'assemblée se rue vers les tréteaux du bar, avec une politesse apparente qui consiste à ne pas courir ouvertement. On croirait une épreuve de marche athlétique. Avant de venir, j'ai été prendre un sandwich à la boulangerie, un peu plus haut dans la rue. Je compte boire (c'est gratuit) mais je ne dois pas terminer ivre mort. Seuls les parias et les grands créatifs de l'agence finissent beurrés. Moi, je n'ai pas le droit. J'ai été me caler un peu l'estomac avant la fête, parce qu'on y trouve toujours plus à boire qu'à manger, sauf si on est passionné par les étages inférieurs des pains-surprise. J'amorce une conversation au bar, avec la responsable de la stratégie qui a toujours raison. En plus, elle est drôle. Elle se sépare de moi au bon moment, lorsque nous avons fait le tour de nos sujets de discussion les plus évidents. La musique et les premières bulles me soulèvent un peu du sol. Je salue mes collègues, jusqu'aux plus chics de la hiérarchie, d'un mouvement de tête flegmatique. Je marche avec une main dans la poche. Mes collaborateurs au service des études discutent dans un coin. Ils passent en revue des séries récentes, mais ils abordent tout en sondeurs, non en spectateurs, brandissant des chiffres et jugeant de l'adéquation entre les promesses de l'affiche et le contenu effectif des épisodes. Ça m'ennuie.

À mon troisième passage au bar, je sympathise avec le serveur, sourire scotché aux oreilles, qui a envie de rire. Ça me fait du bien. Il doit avoir vingt ans à peine mais observe la salle avec une sorte de tendresse amusée. Ah revoilà mes lunettes préférées, il dit à chaque fois que j'arrive, parce qu'il a fait une remarque sur mes lunettes à mon premier passage. Je fais mine de les lui tendre, et il me répond en riant qu'il ne peut pas, pas pendant le service. Je l'épie de temps à autre pour vérifier s'il se montre aussi complice avec les autres visiteurs de son stand, et je crois que non. Reprenant le chemin de mon groupe, je tombe sur un jeune gars du planning stratégique, avec qui j'ai échangé deux ou trois fois des regards amusés en réunion. On se marre en évoquant les poulets qui chantent ; deux collègues du même âge, un garçon et une fille, nous rejoignent. Je sens qu'ils se retiennent de parler en ma présence. Les deux nouveaux me demandent dans quel service je travaille ; on ne s'est jamais croisé. Ils secouent la tête et ne réagissent pas. Ils ondulent en fixant le vide ou les voyants lumineux du DJ. La fille me dévisage, ce que j'interprète d'abord pour de l'appétit, alors qu'elle me prie d'aller voir ailleurs. Dans ses yeux, comme dans un écran défilant de pharmacie, je lis Excuse-moi, excuse-moi, puis Il faut que tu nous laisses entre amis. Je les quitte, gêné. J'ai très chaud au front : c'est l'alcool, j'ai bu trop vite. Le champagne me fait cet effet. Je me dirige vers un coin plus noir de la pièce, où on verra moins les rougeurs sur mon visage et mon cou. J'erre un peu et retombe sur mon groupe fractionné. Au moment où j'arrive, deux filles partent danser ; ne reste que le spécialiste des médias, avec qui je n'ai aucun atome crochu, qui entreprend, ébriété aidant, de comprendre pourquoi je ne l'aime pas. Je propose, en ami, d'aller lui chercher un verre, de blanc ou de rouge, avec le ferme projet de ne jamais revenir. Rouge, réclame-t-il en levant sa coupe de champagne déjà crottée de grains noirs ; ses dents brillent dans la pénombre. Prénom !, hurle une femme dans mon dos, qui hurle le prénom (que j'ai oublié) de mon interlocuteur. Elle trinque avec enchantement, fait un tas de compliments sur le faste de la soirée, les discours, la playlist du type avec ses platines. De loin, elle aperçoit une autre connaissance, vers qui elle lève à nouveau son verre. J'arrive, crie-t-elle. Prénom (pardon pour lui) me présente Chloé, qui n'a aucun rapport avec la Chloé croisée éphémèrement en Bretagne : elle nous rejoint à l'agence dans un mois, me prévient-il, elle vient d'une boîte concurrente. Je braille que je suis enchanté, ajoute mon nom et mon prénom, précise que je travaille à quelques mètres de Prénom. Elle me répond d'un sourire qui signifie qu'elle n'a pas écouté. On remarque sa hâte d'être ailleurs, auprès du type qu'elle a salué de loin. Vingt-huit secondes plus tard, elle prend congé. Elle a l'air sympa, je dis à Prénom, qui garantit que oui, en essuyant l'intégralité de son regard sur les fesses qui s'éloignent.

Je passe le reste de la soirée à attendre un miracle. La playlist passe du hip-hop des années 90 à un capharnaüm de techno vers une heure du matin. Mes jambes entrent en conflit ouvert avec moi et refusent de me porter correctement. Je m'écroule près d'un bout de tréteau auquel je me rattrape, sans envoyer valser toute la table : loué soit le duo qui a choisi de s'asseoir à l'autre bout. Tous les gens que je connais dansent ; on ne m'a même pas supplié de venir me trémousser. Personne ne se remarque plus, sauf lorsqu'on rentre en collision directe avec un autre corps. Je me gorge de champagne, tant qu'il y en a, puis je compose avec les stocks, vin rouge, vin blanc, vin rosé, reliefs du bar à mojitos. Au moment où la honte l'emporte sur la déception, je pousse la lourde porte capitonnée et me retrouve dans la rue, fraîche, silencieuse. Mes oreilles bourdonnent. Je rentre à pieds – je mets vingt-cinq minutes au lieu de dix. Sur le boulevard Voltaire, je croise un homme habillé d'un vieux manteau, la tête dans les mains. Je le dépasse, hésite, fais mine de m'intéresser aux annonces de voyages dans une vitrine (Maroc, huit jours et huit nuits, 440 € ** tout compris) et rebrousse chemin. Sa silhouette désespérée, sur un banc public (à double assise, peint en vert) me remet en mémoire les dessins et les peintures d'Angel. J'aimais sa curieuse obsession du mobilier urbain, leur potentiel symbolique, liberté, déchéance, rencontres, solitude, etc. Je lance un bonsoir : silence. Il dort peut-être. Un grognement. Le visage sort des mains. Barbe grise sous le nez, yeux rouges et creux, des sourcils buissonneux : quoi, demande-t-il. Juste savoir si ça va. Et lui : ben moyen, comme vous pouvez voir. Je fouille mes poches et lui tends deux pièces. Il me remercie et utilise sa paume pour se faire de l'ombre : il m'observe.

Et vous, il demande. Je dis que ça va. L'homme me tend une cigarette, que je refuse parce que ses doigts sont sales, et j'ai peur d'attraper un microbe aux lèvres. Je m'en veux de penser de cette façon. Deux policiers passent, qui nous saluent d'un mouvement de tête. Nous aussi.

L'homme du banc se livre sitôt la cigarette allumée. Adam est né à Aubervilliers. Sa mère a fait toute sa vie des ménages, dans des locaux d'entreprise et surtout chez des particuliers. Son père a travaillé longtemps pour une société mandatée par EDF pour faire les relevés de compteur ; son employeur a financé pour lui une formation de diagnostiqueur, métier qu'il a exercé pendant douze ans avant de prendre sa retraite. Un gars dur, précise-t-il avec des nuances d'admiration et de ressentiment. Adam marque des pauses, dont je ne sais pas si elles correspondent à une hésitation, une vague d'émotion, ou si elles marquent la fin de la conversation. Il tord la cigarette entre ses doigts ; le filtre est pratiquement plat. Il a trente-six ans : je lui en donnais douze de plus. L'école n'a pas été mauvaise pour lui : il garde de bons souvenirs de la géométrie et des cours d'histoire. Les professeurs, dans l'ensemble, l'ont guidé jusqu'au lycée avec douceur. C'est là que Jimmy a commencé à boire – Jimmy ? Oui, c'est moi. Ah, je dis. En classe de seconde, Jimmy/Adam rencontre l'alcool, et c'est un véritable coup de foudre. Avec des copains avides comme lui d'expériences, ils demandent à des grands d'aller leur acheter des bières ou des flasques de vodka à la supérette. Ils les avalent dans des parcs, le samedi après-midi, puis le soir après les cours. Quand la mère de Jimmy est absente, il invite ses amis chez lui à l'heure du déjeuner : avant de retourner au lycée, ils boivent du rhum et fument un peu. Il commence à cacher des bouteilles dans sa chambre pour ces occasions ; puis il les boit, les soirs d'ennui. Il apprivoise l'âcreté des pires références du supermarché. Jusqu'en première, il parvient à se lever. Les professeurs, incapables d'imaginer qu'un élève puisse se rendre en cours bourré, se détournent de lui. Ensuite, la situation dégénère. Un ami du clan des buveurs déménage ; les autres préfèrent fumer, une défonce plus aérienne, qui ne permet pas de communion évidente avec l'ivresse. Le hameçon déjà fermement en joue, Adam se joint aux fumeurs, sans réel appétit, et boit dans sa chambre, jusqu'au jour où il ne parvient plus à s'endormir sans alcool. Le père ramasse une nuit son fils ivre dans les toilettes, le menton sur la lunette. S'ensuit une séance de tabassage, dont Jimmy ne garde pas de souvenir précis. Larmes, bouteilles brisées, hurlements, gifles : le patriarche lui offre une seconde chance. Mais le vilain démon de l'ivrognerie veille sans cesse ; le père, non. Il travaille et il dort. Adam croit pouvoir cacher sa consommation à sa famille. Il enquille des bières et des bouteilles de vodka dans sa chambre, assis sur le bord de la fenêtre quand la température le permet. Il ferme sa porte à clé ; rince les cadavres pour camoufler les odeurs, et les jette quand il fait nuit. Des maux de crâne insoutenables l'empêchent d'apprendre, et bientôt de se réveiller. Il vomit sur le chemin du lycée. Après une altercation avec un professeur de sport, il est exclu simultanément de l'établissement et du domicile familial. Il trouve refuge chez un ami, un autre, éreinte ses relations. Par miracle, il trouve du travail dans un bistrot du 19ᵉ arrondissement de Paris, pas très loin du parc des Buttes-Chaumont (Adam pointe une vague direction du bras). En cuisine le midi, en salle le soir. À partir de minuit, il offre des verres et trinque volontiers ; mais le contexte s'y prête plus que les salles de cours. Pendant un temps, tout va bien. Les clients l'aiment et reviennent, alors le gérant l'aime. À la fermeture, s'il est trop ivre, le patron l'installe dans la réserve sur un vieux matelas. Tout, pourvu qu'il soit au rendez-vous le lendemain. À vingt ans, Jimmy boit tous les soirs plusieurs litres de bière, qu'il arrose de vodka, de tequila, de rhum, whisky, Suze, Bailey's, manzana, mirabelle, poire, pastis. Le vin et le champagne, il n'y touche jamais, sauf cas de force majeure ; ils ne se sont pas trouvés sur son chemin d'apprentissage. À vingt-et-un ans, il chute dans les escaliers du sous-sol : il se casse le poignet droit, trois doigts, et une côte. Le gérant, enragé de prendre à sa charge un accident qu'il attribue à l'ébriété de son employé, le pousse vers la sortie dès qu'il le peut. Adam trouve du travail dans un rade voisin, moins tolérant sur la consommation pendant le service. À vingt-quatre ans, il est connu de tout le quartier, grillé dans un nombre incalculable de troquets, bars, restaurants, et ne trouve à se caser que dans un snack de la Gare de Lyon. Il se lève aux aurores, prépare et sert les cafés seul, sanglé dans un uniforme ridicule qu'il déteste. Une fois, le premier mois, il achète sur le trajet une canette de bière forte qu'il avale dans un recoin de la gare avant d'ouvrir le stand. Mélange d'aise et de malaise, 30-70. Il faut six matins comme celui-ci pour qu'il accepte l'idée qu'on peut boire le matin sans être un alcoolique au nez bourgeonnant et aux iris délavés. Tous les jours, une canette, deux au maximum, avant le service. Il est assez charmant pour que ses erreurs d'inattention soient vite oubliées par les voyageurs. À vingt-sept ans, incapable de se lever à temps et de se doucher, il manque plusieurs fois le travail. Après deux retenues sur paie, le propriétaire du stand le licencie. Esquinté par les années de boisson, vide d'énergie, Adam/ Jimmy vit depuis dans la rue, et à l'hôtel quand il a de la chance. Porté par ma propre ébriété, j'ai envie de trouver pour lui toutes les solutions du monde. Je jure de le recommander au Taylor, et dans tous les autres bars que je fréquente. Il est toujours très beau, lui juré-je. Je ressens pour lui une immense affection, et un besoin impératif de le sauver. Trois fois, je lui propose d'aller chercher des bières chez moi pour trinquer ensemble, avant de me souvenir, trois fois aussi, que c'est une très mauvaise idée. Ceci dit, il boit toujours. Je fais l'aller-retour le plus vite que je peux, enthousiaste à l'idée que ma soirée n'est pas terminée, et que je suis capable de fraterniser avec des personnes aussi différentes de moi. Le monde n'est que possibles !, je pense en redescendant avec trois bouteilles (sait-on jamais) et un décapsuleur. Quand je parviens au banc, Adam n'est plus là. En cherchant un peu, je découvre sa silhouette au coin d'une rue, qui m'épie ; il me fait un doigt d'honneur et disparaît.

-23-

Chloé, que j'avais rencontrée lors de la soirée de Noël, arrive à l'agence mi-janvier. Elle ne diffère en rien de la personnalité croisée ce jour-là : drôle, rieuse, vive, rusée, entourée d'amis après une semaine. Si elle semble à peine se souvenir de moi quand Prénom la présente à tout l'étage, elle me propose d'aller déjeuner pour mieux cerner le périmètre de mes fonctions. J'accepte. La première partie du repas est pénible : je la trouve dissipée et un peu prétentieuse. Pire, j'ai l'impression de l'ennuyer. Contre toute attente, nous sommes sauvés par une barquette de framboises, qu'elle a achetée un peu plus tôt et oubliée au fond de son sac. Elle le réalise en cherchant son téléphone : l'intérieur du panier, portefeuille, téléphone, rouge à lèvres – tout est couvert d'une purée rouge. J'envisage de la plaindre mais la nervosité en décide autrement : j'éclate de rire. Elle aussi. Je m'assieds à côté d'elle, sur la banquette, et l'aide à faire le tri. Tout est fichu. Je prends un peu de confiture du bout des doigts et en emplis ma poche : solidarité oblige. Elle hurle. Les autres clients du restaurant soulèvent le museau de leurs sushis. Il aura suffi d'une barquette de fruits rouges pour que l'enveloppe ambitieuse de Chloé laisse apparaître la femme qu'elle est en réalité : désordonnée, à hurler de rire, encore plus belle quand elle sourit.

Je lui fais une cour maladroite dont la maladresse (je crois) la touche. Je me montre de plus en plus entreprenant lors de nos déjeuners, et verres après le travail – et de plus en plus gêné quand nous sommes en réunion tous les deux. C'est la période de ma vie où j'ai le plus rougi. Elle n'a pas éveillé d'intérêt que chez moi. Un directeur de clientèle, beau mais petit, lui tourne autour. Avec ses cheveux bien peignés et ses chaussures en cuir, il n'hésite pas à faire des détours par notre étage pour l'informer, les paupières mi-closes, des derniers dénouements d'un projet en cours. Il lui présente des moues complexes, intenses, et maintient sa bouche ouverte lorsqu'elle répond, en une invitation obscène. Chloé se rend compte que je ne l'aime pas, et je m'en donne à cœur joie : je le singe, pose un bout de cul sur mon bureau comme il le fait, et me donne des airs aristocratiques et stupides. Elle glousse. Je réalise que j'ai ouvertement déclaré ma jalousie, donc ma flamme. Est-ce qu'elle le sait ? Nul doute que oui.

◇

Fin février, je reçois une invitation à un jeu idiot sur mon téléphone, par un utilisateur inconnu. Seize lettres sont disposées en un carré de quatre par quatre ; en une minute, il faut faire le plus de mots possibles avec les lettres apparues à l'écran en début de partie. Au départ, je soupçonne Franck : mais ce n'est pas exactement son genre de jeu. Puis, le cœur battant, je décide que c'est Chloé. C'est tout à fait le genre d'activité à laquelle elle peut consacrer quarante-huit heures consécutives, avant de l'oublier tout à fait. L'utilisateur se nomme @underscore, et n'a pas choisi de photo de profil. C'est un soir sans surprise ni impératif : je démarre mal, mais j'apprends. On peut discuter entre amis dans le jeu. Je risque On aurait pu jouer en face ; si c'est Chloé et qu'elle m'envoie paître, je dirai que je ne l'avais prise pour quelqu'un d'autre. @underscore se déconnecte dix minutes plus tard sans répondre.

◇

La semaine suivante, on démonte l'échafaudage. La façade brille. Je retrouve avec une certaine appréhension l'appartement en vis-à-vis. Une femme donne à manger à un jeune garçon avant de l'emmener à l'école. Je sens quelque chose chuter dans mon corps, qui s'alourdit. Une grande tristesse. Il est parti ? Je comprendrai le lendemain que oui. Je passe mes doigts sur les petits trous de perceuse, près de la poignée de ma fenêtre, comme s'ils étaient de précieux cadeaux. Je convoque notre amitié fulgurante, le Starlight, nos soirées cinéma, les dessins et les plans étalés sur sa table de travail, Maldebec, la sortie réussie, la sortie ratée. Je m'assieds dans le canapé, seul comme si dehors le monde s'était évanoui. Le pin's du chien avec ses canards, que j'avais ramassé au musée du Hasard, traîne dans le vide-poche, sur la table. Je l'attrape et me pique la pulpe des doigts pour sentir quelque chose d'autre que le vide.

Jean-Paul est un animal d'une telle fidélité que je le soupçonne parfois de n'être pas un chat ; d'être la réincarnation d'un chien, par exemple, qui aurait choisi, après une vie de chasse, de Va chercher la balle, d'épuisants aboiements et de nuits dehors, l'existence altière et lézardeuse d'un félin. Qui refuserait de le comprendre ? Cent fois par jour, Jean-Paul s'éveille, s'étire, bâille, et poursuit sa sieste dans une position à peine différente. Lorsqu'il se décide à quitter le tiède fauteuil qu'il a élu comme lit, c'est pour aller donner quelques coups de langue dans sa pâtée préférée (le temps et son obstination ayant prouvé qu'il n'en tolèrerait aucune autre), risquer un tour dehors, en équilibre sur les murets, crachant au besoin sur Bill, le chien du gardien, avant de se diriger sans hâte vers un nouveau coussin ou une paire de cuisses chaudes. Pas de doute, donc, sur l'espèce à laquelle appartient Jean-Paul. Cependant, il me surprend par sa tendresse. Si j'ai besoin de réconfort, il se montre doux et présent, deux traits qu'on ne prête pas aisément aux chats, souvent taxés d'indifférence et d'opportunisme. Il frotte sa tête contre la mienne, roucoule, se love entre mes jambes comme si j'étais le meilleur des matelas ; il me poursuit de son affection dans chaque pièce que je traverse. De ses pattes minuscules, il lui arrive de me caresser la joue, comme une grand-mère, rétractant ses griffes pour l'occasion. Les jours où j'ai du chagrin ou suis victime d'inquiétudes, il émerge du sommeil à l'instant où je tourne la clé dans la serrure et se tient prêt à me sauter sur le ventre ; à l'inverse, quand mon soleil brille, il poursuit celle de ses nombreuses nuits où il est plongé. Je lui prête aussi des capacités de compréhension peut-être imaginaires. Un nombre incalculable de fois, il a écrasé le bouton rouge de mon téléphone qui sonnait, et donc refusé l'appel. Je suis persuadé qu'il a compris qu'un appel = je vais parler fort = je vais me lever et faire les cent pas dans l'appartement, car je suis incapable de parler au téléphone immobile = du dérangement pour lui.

Jean-Paul me bondit sur les genoux à l'instant où je m'écrase dans le canapé, réalisant que Bastien Groin a quitté la rue. Il ronronne, tend le cou pour atteindre mon nez, mes joues : s'il le pouvait, j'en suis sûr, il m'entourerait de ses bras. Je parle à ce chat merveilleux de l'amitié qui m'a lié à B. Il connaît l'histoire mais c'est un animal patient, et ma voix le berce. Il s'endort. Sa respiration régulière répare une partie de ce qui s'est brisé par la fenêtre, tout à l'heure. Je repose le pin's dans son vide-poche pour ne pas blesser mon ami poilu par inadvertance ; et me demande qui a porté un jour cette curieuse broche. Elle n'est pas à proprement parler laide, les mouvements du chien et des canards sont bien figurés, les couleurs sont agréables, mais c'est un bijou de si grande taille qu'il doit attirer au porteur d'incessantes questions. Pour moi, ce n'est qu'un souvenir dans une soucoupe, même s'il me tord un peu le cœur aujourd'hui, avec la disparition de mon voisin. Je fais quelques parties de ce jeu de lettres, auquel je suis devenu meilleur à force d'entraînement. Top : LIE, LIEE, LIES, LIEES, LIA, LIAS, LIAI, LIAIS, RELIE, RELIES, RELIEE, RELIEES, RELIA, RELIAS, RELIAI, RELIAIS, ILE, ILES, AIL, AILS, AILE, AILES, AILEE, AILEES... Je perds toujours, mais me rapproche des performances de @underscore.

◇

Au bureau, le comité d'entreprise organise un goûter-crêpes. Certains soupçonnent une initiative déguisée des dirigeants pour nous faire avaler les minables primes et augmentations – dont on vient juste de nous faire part, au cours d'entretiens individuels de développement, et non d'évaluation, les Ressources humaines tiennent à cette appellation. Depuis deux ans, tout le monde dit Il faudra qu'on se voit pour l'entretien d'éva... Non, de développement, comme si un représentant des RH était embusqué à chaque détour de couloir. Je retrouve Chloé à la cafétéria, qui porte de charmants clips dorés au sommet de l'oreille, sur l'hélix : ils font écho au brillant de ses yeux espiègles. Notre amitié n'a pas connu de développement significatif, rien qui promette un déplacement vers une relation plus charnelle. Et pourtant, rien n'augure du contraire. Nous sommes liés par un sentiment ambigu ; du moins, je le crois. Ça peut ressembler à une période de séduction extraordinairement étirée dans le temps. Ou alors je me fais un film depuis des semaines.

Chloé me tend une crêpe à la confiture de fraises et je l'accompagne sur la terrasse. Elle me dit qu'il faut absolument qu'elle me montre quelque chose : sur son téléphone, elle ouvre une application et pointe l'appareil photo vers l'immeuble en face. Court temps de chargement. Un homme apparaît sur le toit. Je lève les yeux : il n'y a personne. Il trottine sur le revêtement d'ardoise, jette un œil vers le bas, et saute. J'écarte les bras, en signe d'incompréhension. Ça permet de voir les fantômes autour de nous, m'explique-t-elle en essuyant un peu de gelée sur sa lèvre. La bouche pleine, elle me fait signe de le pointer dans une autre direction. Je tourne sur moi-même. Ah oui, là, je fais en désignant un membre (bien réel) du service courrier, pâle comme la lune car leur comptoir est situé au sous-sol. Arrête, ordonne-t-elle en reprenant le téléphone. Derrière nous, une silhouette de femme très âgée, en haillons : ses mains et son visage sec dépassent d'un pan de mur. Chloé pousse un cri aigu et très court, et s'approche par réflexe à mon avant-bras. Je suis heureux.

- 24 -

Je rêve de l'application *Pantôme,* que Chloé me montrait. Je me trouve dans l'appartement de ma grand-mère (décédée en 1997), qui est aussi la maison de Sarah Winchester (dans le rêve, ça semble logique). Je me rappelle surtout la moquette élimée du couloir qui menait aux chambres. Je décide de lancer l'application pour vérifier si je peux trouver mon aïeule ; dans le rêve, je n'ai pas besoin de téléphone pour utiliser *Pantôme,* il suffit que je pointe mon regard dans telle ou telle direction. Dans la salle de bains, avec ses carreaux de faïence et son lavabo taché de calcaire, personne. Dans le couloir, non plus. Dans la chambre, je crois voir les rideaux frémir, mais une intention du songe m'empêche de m'approcher. Le salon est séparé de la salle à manger par une double porte vitrée. Dans le premier, Angel et Bastien jouent à se lancer une balle. Il manque à Bastien Groin une portion de la jambe gauche (je suis au courant de son amputation) et à Angel un avant-bras. J'essaie d'entrer dans le salon mais la porte est fermée. Quand je crie, ils se tournent de l'autre côté en continuant à jouer. Ils sont si sérieux que je ne sais pas s'ils m'ignorent ou ne m'ont pas vu. Je prends le couloir vers la cuisine mais me retrouve dans un débarras : des balais et serpillères, une grosse machine à laver, un antique tancarville où cliquettent des pinces à linge ; un peu de vent entre par une fenêtre étroite, située en hauteur. Je promène mon regard-détecteur sur la pièce et vois un tibia et un pied disparaître à l'intérieur d'une armoire de bois poussée contre le mur. En suivant la forme, je découvre un escalier caché à l'intérieur du meuble, dont les degrés s'enfoncent dans l'ombre. Dans la mesure où l'application fonctionne sans téléphone, je ne sais plus comment l'éteindre. Je me réveille perturbé.

◇

Enfin, m'écrit @underscore par message privé dans notre jeu de lettres. C'est la première fois que je gagne une partie, avec 86 mots contre 79 pour cette personne mystérieuse. À la fin d'une partie, la liste de tous les mots possibles est affichée, et on peut comparer ses combinaisons avec celles de l'adversaire. Elle a laissé passer soupçon (SOUPCON) et ses déclinaisons (SOUPCONS, SOUPCONNE, SOUPCONNA) qui rapportent beaucoup de points. Pourtant, elle a tourné autour avec BONUS, POURCIN, POURCINS, POINCON, POINCONS, COPAIN, COPINE, COPINER, COPINERA. Elle assortit son message d'un emoji de mains qui applaudissent. Je réponds avec le visage aux yeux étoilés pour dire merci. Elle envoie un chapeau. Moi, plus rien. @underscore écrit J'étais pas très concentré, je suis dans la cour ; c'est donc un homme, me dis-je avec une pointe de déception. Je n'ai aucune envie de discuter ou d'en apprendre plus sur sa vie personnelle : je suis là pour jouer. Je choisis un emoji très neutre (visage qui sourit poliment) et compte en rester là. Je propose une nouvelle partie ; @underscore décline. Mauvais joueur, je pense. Je m'en fous, je peux jouer avec des adversaires choisis au hasard. Viens, écrit-il. Deux options : soit c'est un pervers qui drague sur ce jeu de lettres, soit… Chaque fois que j'ai peur, je ne crains plus le ridicule. Si j'ai vu un film terrifiant, je suis à l'aise avec l'idée de vérifier chaque porte, et même de passer une lampe sous mon sommier et dans mon placard. C'est idiot, et je l'assume. Comme j'assume d'ouvrir les deux battants de la petite fenêtre, dans l'entrée, qui donne sur ma cour intérieure. Il n'y a rien, sinon une poubelle verte et une autre, jaune, et les habituels pots de plantes. Cour est d'ailleurs un terme généreux pour cet espace ; c'est une courette encombrée, de trois mètres sur trois. Jean-Paul bondit sur le bord de la fenêtre et miaule d'une curieuse façon : mi-bébé, mi-vieillard. Sors si tu veux, lui dis-je pour éviter à mes oreilles cet affreux concert. Il refait son bruit. Clignotement. J'ai le choix de ne pas m'apercevoir de ce clignotement, pensé-je. Je peux ne pas l'avoir aperçu. Je rabats la fenêtre, tourne la poignée, m'assure que Jean-Paul reste à l'intérieur avec moi, je tourne par précaution le loquet déjà enclenché. Un instinct grégaire me force à couler un œil en bas ; une ombre se lève derrière la poubelle verte, plus noire que la pâte grise de la nuit. J'attrape et jette mon chat sur le sol (côté chez moi, pas côté dehors) et, par réflexe, j'éteins toutes les lumières. Le premier objet qui me tombe sous la main dans la cuisine : un tournevis. J'aurais préféré une paire de ciseaux mais mes doigts ont déjà enserré le tournevis d'une façon définitive et moite. Des pas dans l'escalier. Cette lueur, c'était quoi ? Un téléphone ? Une bougie ? Des pupilles ? Des pas dans l'escalier. Toc toc toc à la porte. Je reste immobile, sans respirer, pour éviter de faire craquer une latte. Encore des coups. Jean-Paul miaule. Je le soulève par la peau du dos, comme les mères le font aux chatons pour les rendre dociles. Encore des coups. Tirez-vous, je hurle. Je vais réveiller tout l'immeuble, tirez-vous. Je me concentre pour que ma voix soit un peu plus grave quand je crie. Je vous laisse dix secondes et je sors te crever les yeux, je te jure que ça se finit comme ça. C'est Bastien, j'entends de l'autre côté de la porte.

◇

Après m'être assuré qu'il s'agissait bien du Bastien auquel je pensais, et non d'un Bastien aléatoire tueur de sang-froid au couteau à huîtres, je défais le loquet et serre mon ami perdu dans mes bras. Ça fait trois mois que je ne l'ai pas vu. Trois mois sans nouvelles, après un fulgurant commencement d'amitié. J'ai refusé de lui en donner car je considérais qu'il avait mis notre vie en danger par égoïsme, par fascination stupide et morbide pour le musée du

Hasard et les souterrains. Après une telle trouille, je lui avoue tout sans aucune gêne. Les vannes de contrôle des émotions et de leur expression ont sauté ; trop de pression. Et peu importe : je suis heureux de le retrouver, et lui, j'imagine, aussi. Sinon, il ne serait pas venu jusqu'à moi. Il a changé, maigri, jauni. Pas nécessairement malade, mais on dirait un homme qui tourne à trente cigarettes par jour, alors qu'il ne fume pas. Sa peau a la texture d'un filtre, je crois que c'est ça. Je lui dis aussi. Je ne retiens rien. Il ne se formalise pas : il rit. Je cours jusqu'au réfrigérateur et en tire quatre bières très fraîches : deux seront bues en une seconde, je m'épargne un voyage. B. les débouche avec la télécommande, ce qu'il est le seul homme que je connaisse à savoir faire. C'est un talent peu utile et impressionnant. Je le reprends dans mes bras, juste pour m'assurer qu'il est là. J'ai un peu changé, me confie-t-il lorsque les effusions s'essoufflent. Il utilise moins de mots que dans mon souvenir, des phrases plus sèches. Comme si, à l'image de son corps, il s'était débarrassé du superflu, du ventre à la langue.

Je m'installe dans un fauteuil du salon, lui dans le canapé. Il pose le mollet sur la table basse, comme il avait l'habitude de le faire. Alors tu as déménagé, je lance sur ton de reproche-plaisanterie. Oui, il me fallait une cave. Une cave ? Oui, pour bosser. Bastien n'a pas seulement changé d'adresse : il est sur le point de quitter son travail pour monter son propre studio de production. Je le félicite. Dehors, deux ivrognes s'engueulent. Il ne m'a pas écrit plus tôt, m'explique-t-il, parce qu'il a été envahi par une idée. C'est à peine s'il a pu dormir depuis décembre dernier. Par ailleurs, il savait que je lui en voulais de nous avoir entraînés dans le labyrinthe de Belleville, et il respectait ma décision de prendre mes distances. Je grogne pour ne pas avoir à répondre. Et toi, me demande-t-il. Je fais un point bref sur ma situation actuelle, proche en toutes choses de celle qu'il a connue ; j'évoque la présence ambigüe de Chloé, lui en décris les principales caractéristiques, l'espièglerie, le charme, l'intelligence, la passion pour la confiture de mirabelles et les renards. Je savais qu'il aurait l'élégance de ne pas s'indigner que je n'aie pas encore tenté ma chance. Ses lèvres pâles se réjouissent pour moi. Je le questionne sur le projet qui lui a coûté sa roseur.

Tu connais *Pantôme,* commence-t-il. Surprise : oui, Chloé m'en a parlé hier, et j'en ai rêvé cette nuit. La réalité augmentée, le principe qui permet de superposer une image digitale à celle captée par l'appareil photo du téléphone, le fascine depuis plusieurs mois. Son studio refuse d'investir dessus, fermant les yeux sur les succès de *Pokemon Go* et *Pantôme,* mais aussi les possibles applications dans les secteurs de la culture, de la mode... Ce n'est pas tant le potentiel commercial de cette technologie qui l'enthousiasme, que sa capacité à immerger le joueur dans un monde parallèle, à la fois proche et éloigné du nôtre. Il ouvre *Pantôme* et promène son appareil dans les recoins de l'appartement, avant de m'appeler. Ici, me guide-t-il, et je devine au plafond, à l'angle avec une tringle, un esprit de petite taille, flottant, les yeux blancs rivés sur nous. Je suis heureux de retrouver ses passions macabres, qu'il appréhende avec tant d'appétit qu'elles en paraissent joyeuses. Bastien Groin planche sur un projet de jeu depuis trois mois, nuit et jour. Il a dû apprendre le fonctionnement de la réalité augmentée, s'y former en accéléré. Il ne pourra pas développer, mais il devait connaître les entrailles de la technologie pour savoir ce qu'il pouvait imaginer et ce qui relevait de l'irréalisable.

B. ajuste sa position en passant une jambe sous ses fesses. Le principe du jeu est simple : à chaque joueur inscrit, on assigne un chasseur au hasard dans sa zone géographique. Si le chasseur entre en contact (physique) avec lui, le chassé meurt et son profil disparaît. Définitivement. Deux vues seront disponibles dans l'application. La première, une carte GPS : la position du chasseur est indiquée à la proie sous forme d'une zone de cinq cents mètres carrés. Le téléphone sonne trois fois quand le chasseur entre dans cette zone. On sait alors qu'on est en danger. Tant que le chasseur est dans ce périmètre dangereux, la carte clignote en rouge. Elle se calme lorsqu'on a fui assez loin, ou que le meurtrier a passé son chemin. Ensuite, c'est la caméra qui prend le relai. Le chassé reconnaîtra son assaillant en pointant son téléphone vers elle ou lui : les mains du chasseur, par l'intermédiaire de la réalité augmentée, paraîtront couvertes de sang. Alors il faut filer, et vite. Qu'on soit en train de faire la queue à la boulangerie ou en terrasse au café du coin, il faut tout laisser en plan et partir loin. Réciproquement, la proie brille d'une lueur dorée aux yeux augmentés du poursuivant. Jean-Paul, qui s'était enroulé comme un renard sur la plaque de marbre au-dessus du radiateur, relève la tête et tend vers nous yeux et oreilles.

Tous les mois, chaque joueur en vie reçoit un chasseur supplémentaire. Il devient – logiquement – plus difficile de survivre. Tout chasseur est chassé, et inversement. Les utilisateurs accumulent de l'expérience de façon mécanique, tant qu'ils sont en vie : ils peuvent la dépenser en items décoratifs, radars et autres systèmes d'alarme. Bastien marque une pause et gratte une tache de nature inconnue sur l'accoudoir du canapé. Jean-Paul s'étire, hésite un instant en parcourant le champ des possibles depuis son perchoir, puis trotte jusqu'à mes pieds et se dresse sur ses pattes pour me signifier qu'il souhaite grimper sur mes cuisses : j'accepte. Mon ancien voisin reprend. Nous l'écoutons tous les deux en silence. C'est le musée du Hasard qui a apporté la touche finale aux principes qui germaient déjà. Sous terre, personne n'est détectable. Qu'on suive ou soit suivi, on pourra brouiller la perception de son adversaire en disparaissant sous terre, dans une cave ou dans le métro. Au pied de l'immeuble, les deux soulards montent d'un ton ; nous passons par curiosité une tête à la fenêtre – quatre secondes plus tard, ils se tombent dans les bras. Dès qu'on se trouve dans un souterrain, des objets apparaissent de façon aléatoire ; ils offrent des pouvoirs temporaires. Un éclat de serpentine (assez rare) : être invisible pendant deux jours. Un portail (assez fréquent) : apparaître loin de sa véritable position lorsqu'on ressort à l'air libre. Un miroir de poche (rare) : tout le reste de la journée, le chasseur devient le chassé, et réciproquement. Œil-de-bœuf (assez fréquent) : la position exacte du chasseur apparaît sur la carte, jusqu'à minuit. Queue de phénix (très rare) : pendant une semaine, la proie ressuscite si elle a été touchée. Sous terre, le joueur pourra aussi collecter des objets taillés plus pour l'attaque que pour la défense. Parmi eux, le doigt de cochon (on peut toucher sa proie depuis une distance de cinquante mètres), le lance-dent (même principe, en lançant un croc vers sa cible), ou le pendentif en forme de mouche (entrée dans le périmètre de cinq cents mètres carrés non signalée). À cet instant, je commence à faire le lien. @underscore. Évidemment. C'est bien le nom du projet : Underscore. Si j'estime que c'est un jeu de mot minable, B. est prêt à le changer, il me le garantit. Je n'oserais pas, c'est son projet, lui dis-je. Et puis je trouve que c'est un nom honnête, voire intéressant. Précisément, non. Non ? Non, ce n'est pas *son* projet : il souhaite, et c'est pour cette raison qu'il est venu me rendre visite, que je fasse partie de l'aventure.

Je sursaute intérieurement (de joie). Pourquoi moi ? Parce que nos savoir-faire sont complémentaires et que nous partageons la même passion de l'épouvante. L'idée de fabriquer un jeu de chasse à l'homme à échelle planétaire (il l'espère), qui nous mène à nous méfier de chacun mais aussi, en dernier lieu, à rencontrer des inconnus et rire ensemble de soulagement, l'excite et ne le laisse pas en paix, même quand les lumières dorment. Et moi ? Avant de répondre, je vais attraper deux bières supplémentaires dans le réfrigérateur : il est impératif de trinquer à nouveau, avec des bouteilles neuves et pleines, et des bulles énergiques. La soirée se déroule dans cette exaltation fraternelle. À mesure que B. traçait les contours de son jeu, mon enthousiasme grimpait en flèche. Et il est venu m'inviter comme co-pèlerin. Je le questionne mille fois sur ce qui le pousse à chercher en moi un associé, plutôt qu'au studio, où ses voisins sont experts du jeu vidéo. Il sait me rassurer à chaque fois. Nos références communes, la fluidité de nos échanges, mon ardeur et mon organisation au travail, mon systématique refus de l'échec : voilà pourquoi il est là. J'ai l'impression qu'il se trompe, ou qu'il m'a sondé avec plus d'efficacité que je ne l'ai jamais fait moi-même. Il faudra demander une rupture conventionnelle à ton agence, m'intime-t-il. J'espère n'en faire qu'une bouchée. J'ai entendu assez de dérapages non contrôlés en réunion pour faire chanter les RH à toutes les octaves. Ce n'est pas le moment pour mon employeur de se retrouver avec de drôles de ragots au cul. À dire vrai, son projet me semble brillant ; j'ai déjà envie d'y jouer.

Je me sens fourmiller d'idées et de questions. B. le remarque et s'en amuse. Et si le chasseur habite loin ? Est-ce que c'est interdit aux enfants ? Peut-on revenir, quand on est mort (avec un autre compte) ? Et si le jeu de rôle rendait les chasseurs violents ? On ne capte pas partout en sous-sol : est-ce que c'est un problème ? Il a pensé à tout. Je dois absolument, lance-t-il, visiter son nouvel appartement, avec la cave pour héberger le studio. Trinquons, encore. Soirée merveilleuse. Les deux ivrognes ont dû aller étancher leur soif dans un bar de la rue Oberkampf, où ils se caméléonneront sans mal dans le décor. Je ressens un puissant désir de serrer Bastien, de le tenir contre moi, de me tenir contre lui, simplement pour laisser passer de moi vers lui le courant de tendresse, d'admiration, de gratitude qui me traverse. Pendant un moment d'absence, Bastien attrape la grande broche du musée du Hasard dans sa coupelle. Il l'avise alors en souriant : elle vient du musée du Hasard, celle-là, non ? Absolument, je dis, elle est un peu bizarre, enfin, elle est immense pour un pin's. D'où ça peut venir ce truc, s'interroge-t-il, on dirait un pin's de fédération de chasseurs, ou d'éleveurs de chiens pour la chasse. En tout cas, c'est un objet qu'on a plus envie de tripoter que de porter, il conclut tout seul. C'est pas que c'est moche mais on se demande ce que ça veut dire. Un chien qui court après des canards, il répète en observant les tringles des fenêtres. Rappelle-moi, tu avais trouvé quoi au musée, il me demande. J'énumère : un casque de moto, le collier du chat, la broche, et... J'ai oublié. Ah si, une balle de tennis ! Et nous éclatons de rire. J'ai tout gardé. Comme lui a gardé précieusement son carnet couvert de cartes légendées. Inutile de dire qu'après deux tournées supplémentaires B. aura punaisé la broche à son revers ; depuis, il ne la quitte plus. Quand on lui en parle, au restaurant ou à la caisse du supermarché, il change de sujet – il ne sait pas quoi inventer pour justifier son existence.

J'apprends que Bastien est descendu plusieurs fois dans les souterrains de l'arrondissement depuis notre dernière rencontre. Trois fois pour emprunter de nouveaux trajets et nourrir sa vision des sous-sols du jeu, où se trouveront donc cachettes et raccourcis, et plusieurs autres pour échapper à l'agitation ambiante, au bruit, à la violence de la ville. J'imagine que ces phases correspondent à celles où il disparaissait ; désormais, au lieu de s'enfermer dans sa chambre avec un casque de chantier en coupant son téléphone, il explore des galeries silencieuses. Au moins, le temps n'est pas perdu. C'est en cela qu'il a changé. Il se sent plus calme et maître de son destin. À la façon des alchimistes qu'a rencontrés l'obsession de la pierre philosophale, il tient, sinon son avenir, du moins l'axe de sa vie. Parce que je n'ai plus de bières au frais et que la hâte nous transporte, nous filons vers le nouvel appartement de B. Il est situé passage Amelot, dans le dos du Bataclan ;

dans un mur, on peut encore deviner des impacts de balles. La voie est étroite mais personne ne l'emprunte. Au numéro 12, mon ami sort un trousseau de clés, auquel pend un petit fantôme, et nous ouvre une porte du rez-de-chaussée. La lumière y pénètre peu, reconnaît-il : les deux fenêtres donnant sur la rue en sont les seules sources de lumière naturelle. Des cartons traînent encore, et un sac pendu à une poignée de la cuisine fait office de poubelle. Sinon, dans une très longue pièce, des assises confortables, quelques affiches, dont celle, rarissime, de la cinquième édition du festival du film fantastique d'Avoriaz, 1977, dont le jury présidé par S. Spielberg a couronné *Carrie* de B. de Palma. Vient la chambre, où nous ne nous attardons pas, les lieux de toilette, et un escalier vers le sous-sol. Nous écrasons les marches craquantes. Je comprends pourquoi il a déménagé. Le niveau inférieur couvre la même surface que l'immense salon et la chambre. La pièce, carrelée d'un blanc passé, ne se nourrit de lumière que par deux soupiraux. Et pourtant, une atmosphère magique se dégage du lieu. Bastien a déjà jeté plusieurs tapis, dont certains se superposent au-dessus de fauteuils bas et profonds. Deux tables immenses, montées sur des tréteaux de bois, croulent sous les plans, dessins et ratures de l'inventeur. Sur un mur, punaisées, des photographies charmantes ou inquiétantes, des labyrinthes, des vues aériennes, des essais typographiques avec le mot UNDERSCORE ; les autres sont faits de roche indomptée. C'est l'espace de jeu dont tout enfant a rêvé : secret, énigmatique, transpirant de liberté à venir.

◇

C'est le premier regard que je pose sur les futurs locaux de N8MR (pour *Nightmare*), le studio dont sortiront *Underscore* (2019), *Tales of the Deep* (2021) et bientôt *100 Brothers.* Rien n'aurait pu nous préparer ni au succès, ni aux mystères qui ont entouré l'équipe et la fabrication de nos jeux. À part, peut-être, l'appétit insatiable de Bastien Groin pour les zones grises, l'indéterminé et les trains fantôme à vingt mètres de profondeur. Rien n'aurait pu me préparer, à première vue, aux nuits interminables dans ce sous-sol, aux hurlements de rage ou de joie, à la cohabitation avec un personnage aussi complexe que Jérémie, « Brom », bientôt en charge de la programmation chez N8MR, dont l'origine du surnom demeure un mystère (dans l'ordre de mes recherches, il peut s'agir du méchant dans *Le Crapaud et la Maîtresse d'école,* ou de l'élément chimique n°35, ou d'un peintre géorgien d'heroic fantasy macabre (prénom : Gerald), ou d'un joueur de football polonais (prénom : Walter), ou encore de l'abréviation de *BootROM,* une puce impliquée dans le démarrage d'un système informatique).

Tout ça à cause d'une balle de tennis, me disais-je ce soir-là déjà, me dis-je aujourd'hui encore, à cause d'une balle de tennis lancée avec cinq ou six mètres par seconde de trop vers une vitre, sans intention de nuire mais avec celle d'alerter ; et puis la coupe de fruits, le laser, les mots dans la cage d'escalier, l'étron de chien, les photos de moi dormant, le départ forcé pour la Bretagne, la rencontre avec Maldebec en récupérant la valise, celle d'Angel et la réconciliation avec l'être humain, le premier apéritif chez B., le Starlight, le musée du Hasard, le labyrinthe de Belle Vue, la rupture, et nous voici, ce soir, réunis par une obscure application de fabrication de mots à partir d'une grille de quatre par quatre lettres.

Fraternité est le seul mot qui me vient à l'esprit. Combien de rencontres incroyables ai-je manqué en craignant mes voisins d'immeuble, de bureau, de trottoir ? En les détestant d'emblée ? Fraternité dans son sens le plus grégaire et pur, celui de l'acceptation a priori, qui passe par la curiosité et la confiance ; non dans celui, galvaudé, de la devise républicaine, et moins encore en opposition à la sororité – un terme mixte aurait été le bienvenu, s'il avait pu surgir à cette seconde dans mon esprit. Puis je me rassure en réalisant que la seule collision avec Bastien Groin aura transformé mon existence de fond en comble, et suffi à l'occuper pendant des années. Peut-être suffit-il donc de mettre une fois de côté sa méfiance instinctive et de se jeter dans la gueule du monstre, surtout si le monstre habite en face et vous invite à boire un coup en osant une plaisanterie.

◇

Huit mois plus tard, alors que Brom vient de nous rejoindre et que nous préparons l'arrivée de Rabah, en charge des rendus 3D, mon examinateur, un type aigre et grossier, peureux sous ses muscles, m'informe que c'est bon, j'ai le permis moto, même s'il n'a pas le droit de me le dire. Je manque le serrer dans mes bras, avant de me souvenir que je le déteste. Il faut que fraternité trouve ses limites. Chloé, que la passion des deux-roues a saisie depuis longtemps, me saute dans les bras à mon retour à l'appartement. Elle tolère le temps infini que je passe au travail, et me punit à coups de moments inoubliables, spectacles ahurissants ou courts séjours dans des zones divines et perdues, où nous forgeons des souvenirs sublimes. Elle n'habite pas à la maison, c'est une femme de petits pas, mais je vois bien qu'elle construit branche après branche un agréable espace de lecture dans un coin de la chambre : ce qui, je le sais aujourd'hui, est sa façon de s'approprier les lieux. J'ai promis de l'emmener faire un tour sur mon nouveau bijou à deux roues, mais je l'ai avertie que j'aurais avant cela une course à faire. La raison est simple : je veux avoir apprivoisé la moto, même trente minutes, avant de l'inviter sur le coussin arrière ; il ne s'agirait pas de me ridiculiser. J'attrape dans un placard le casque que nous avions ramassé avec Bastien lors de notre première sortie au musée du Hasard. J'ai gardé tous les stickers, mais changé la bride, qui tenait mal, et la visière rayée.

Mon véhicule, commandé depuis longtemps, m'attend chez Dafy Motos, en face du Bataclan. Pendant de longues minutes, je n'ose même pas monter sur la selle, tant le cuir me paraît lisse, propre, intact. Le vendeur, au lieu de me railler ou me presser, respecte mon recueillement. Les clés pendent à son index. Il m'escorte à l'extérieur, où il me transmet son savoir sur la moto et les différents usages spécifiques à la communauté des motards ; j'en connais déjà la plupart. Je prends les clés, saisis mon casque (neuf, rutilant, visière anti-reflets) et m'en couvre le crâne. La vie chez N8MR m'a changé, moi aussi : j'ai rasé mes cheveux, laissé pousser ma barbe avec plus d'assurance, et pris une dizaine de kilos, que je ne combats pas. Le moteur laisse échapper son gros bruit d'estomac. Démarrage. Merci monsieur le vendeur. Je roule cent mètres et freine devant le 12, passage Amelot. Bastien sort, Jean-Paul dans les bras. Je passe tant de temps au studio que nous avons décidé d'y faire vivre mon chat. Parfois, je l'emmène jusque chez moi, le tenant par le postérieur et l'aidant à placer les pattes sur mes épaules. Désormais, B. et lui s'entendent bien. Je tends à Bastien le second casque, celui du Musée. Il l'examine un instant et me considère avec un air difficile à déchiffrer, même si proche du sourire. Il l'enfile, tire sur la bride pour vérifier qu'elle tient bien, et installe l'animal sur ses genoux. Je craignais que Jean-Paul se hérisse au ronflement de la moto : il nous répond par le sien, en s'endormant aussi sec sur les cuisses de B. En passant près du Carrefour du boulevard Voltaire, je surprends Papa et Ali, le bras du premier passé autour des épaules du second, face à nous, souriant comme des pères qui voient leurs enfants quitter le nid. Nous roulons quelques minutes, le temps de faire le tour du pâté de maison, puis une averse nous tombe dessus.

LE CATALOGUE
DES ÉDITIONS DO

SARAH ROSE ETTER • *Hommes sous verre*
Traduit de l'anglais (États-Unis) par Véronique Béghain

EDGAR BAYLEY • *Vie & mémoire du docteur Pi*
Traduit de l'espagnol (Argentine) par Jean-Marie Saint-Lu

OTA PAVEL • *Comment j'ai rencontré les poissons*
Traduit du tchèque par Barbora Faure

JOSÉ CARLOS LLOP • *La Vie différente*
Traduit de l'espagnol par Jean-Marie Saint-Lu

ALEX EPSTEIN • *Comment ne pas tuer une araignée*
Traduit de l'hébreu par Rosie Pinhas-Delpuech

WERONIKA MUREK • *Culture de plantes méridionales selon la méthode de Mitchourine* Traduit du polonais par Marie Furman-Bouvard

LUIS SAGASTI • *Bellas artes*
Traduit de l'espagnol (Argentine) par Jean-Marie Saint-Lu

EDUARD MÁRQUEZ • *La Décision de Brandes*
Traduit du catalan par Edmond Raillard

EDUARDO MUSLIP • *Plaza Irlanda*
Traduit de l'espagnol (Argentine) par Guillaume Contré

JOÃO GILBERTO NOLL • *La Brave Bête du coin*
Traduit du portugais (Brésil) par Dominique Nédellec

JOANNA WALSH • *Vertige*
Traduit de l'anglais par Véronique Béghain

OTA PAVEL · *À chacun sa part de gâteau*
Traduit du tchèque par Barbora Faure

NICOLA PUGLIESE · *Malacqua*
Traduit de l'italien par Lise Chapuis

ALEKSANDAR BEČANOVIĆ · *Arcueil*
Traduit du monténégrin par Alain Cappon

JANA JURÁŇOVÁ · *Ilona. Ma vie avec le poète*
Traduit du slovaque par Barbora Faure

BALLA · *Au nom du père*
Traduit du slovaque par Michel Chasteau

JEAN STAFFORD · *Les enfants s'ennuient le dimanche*
Traduit de l'anglais (États-Unis) par Jean-Gérard Chauffeteau et Véronique Béghain

KOSTIS MALOÙTAS · *Une fois (et peut-être une autre)*
Traduit du grec par Nicolas Pallier

SAMOUÏL ASCOTT · *(x) fois*
Traduit de l'anglais (Irlande) par Coline Lapierre

ARJA KAJERMO · *L'Âge du fer*
Traduit de l'anglais (Irlande) par Véronique Béghain

SUSANA MOREIRA MARQUES · *Maintenant et à l'heure de notre mort* Traduit du portugais par Elisabeth Monteiro Rodrigues

ELENA GIANINI BELOTTI · *Avant le repos*
Traduit de l'italien par Christine Lau

STEFAN SULZER · *Le jour où ma mère toucha Robert Ryman*
Traduit de l'anglais par Stéphane Vanderhaeghe

MARCI VOGEL · *La Mort et autres jours de fête*
Traduit de l'anglais (États-Unis) par Marie Chabin

RICARDO MENÉNDEZ SALMÓN · *La Nuit féroce*
Traduit de l'espagnol par Jean-Marie Saint-Lu

NOGA ALBALACH · *Le Vieil Homme. Des adieux*
Traduit de l'hébreu par Rosie Pinhas-Delpuech

NAJA MARIE AIDT · *Si la mort t'a pris quelque chose rends-le. Le livre de Carl* Traduit du danois par Jean-Baptiste Coursaud

NOELLE Q. DE JESUS · *Passeport*
Traduit de l'anglais (Singapour - Philippines) par Patricia Houéfa Grange

LAMIA BERRADA-BERCA · *Chasser les ombres*

SABRINA ORAH MARK · *Lait sauvage*
Traduit de l'anglais (États-Unis) par Stéphane Vanderhaeghe

DENITZA BANTCHEVA · *Visions d'elle*

JOSÉ CARLOS LLOP · *Le Roman du siècle*
Traduit de l'espagnol par Jean-Marie Saint-Lu

EDUARDO BERTI · *Demain s'annonce plus calme*

FLORJAN LIPUŠ · *Le Vol de Boštjan*
Traduit du slovène par Andrée Lück Gaye et Marjeta Novak Kajzer

LAMIA BERRADA-BERCA · *Kant et la petite robe rouge*

ALESSANDRO CINQUEGRANI · *Braconniers*
Traduit de l'italien par Laura Brignon

FRANCK DORSO · *Avant Rotterdam*

GIORGIO DE MARIA · *Les Vingt Journées de Turin*
Traduit de l'italien par Angela Calaprice

CORINNE LOVERA VITALI · *Kill Jekyll*

MICHAEL COLLADO · *Mexicayotl*

RICARDO MENÉNDEZ SALMÓN · *Horde*
Traduit de l'espagnol par Jean-Marie Saint-Lu

CHRISTOPHE LEVAUX · *Baisse ton sourire*

MARIE-VICTOIRE ROUILLIER · *Un corps en trop*

BERNARD FAVAREL-GARRIGUES · *Une toute petite histoire*

NIKITAS M. PAPAKOSTAS · *Bonne nuit mes doudous*
Traduit du grec par Clara Nizzoli

LUC DAGOGNET · *Fraternité*

Cet ouvrage a été achevé d'imprimer en juin 2023
par l'imprimerie Présence graphique, à Monts (France).
Numéro d'éditeur : 48
Dépôt légal : août 2023
Imprimé en France

Conception graphique de la couverture :
Louise Desmettre
dessin : Marlaine Bournel

La police utilisée pour ce livre est l'Eidetic Neo
de la fonderie Emigre Graphics,
née un an après la création, en 1984,
de la revue de design et de graphisme *Emigre* (é-mi-gré),
qui se définissait elle-même à travers son sous-titre :
« La revue qui ignore les frontières ».
Si le dernier numéro est paru en 2005,
la fonderie est toujours installée
à Berkeley (États-Unis).

Les éditions do sont installées à Bordeaux (France)
et ont été créées en 2015 par Olivier Desmettre.
Il ne voudrait pas que l'on puisse dire que l'élan de fraternité
qui traverse les pages de ce livre s'arrête précisément à sa dernière page.
Aussi, dans un geste d'une magnifique générosité,
dont certainement peu d'éditeurs sont capables de nos jours,
il choisit de laisser à Luc Dagognet cet espace pourtant toujours à lui réservé.
Les lignes qui suivent sont donc (une fois n'étant bien sûr pas coutume) de l'auteur :
Merci aux couloirs de mon musée du Hasard,
José Ameur, avec qui nous avons beaucoup papoté de Grégory Le Floch
qui, lorsque je l'ai rencontré, m'a mis entre les mains d'une part Sabrina Orah Mark,
par laquelle j'ai découvert l'existence des éditions do,
d'autre part Alessandro Cinquegrani,
que nous avons ensuite supplié d'écrire pour L'Autoroute de Sable, *ce qu'il accepta*
et ce qui n'a fait que confirmer mon affection naissante pour les éditions do,
lesquelles ont plus tard publié un excellent livre de Franck Dorso,
que le hasard a mené devant la table que nous partagions avec Philippe Hauer,
des éditions Vanloo, au salon Ent'Revues, avec tant de plaisir et d'efficacité que Philippe
m'a invité avec lui au salon Mi-livre Mi-raisin, où j'ai eu la joie de retrouver Franck Dorso,
qui a pensé qu'il serait intéressant de me présenter à son éditeur, Olivier Desmettre.*

*Qui a créé les éditions do, il ne faut pas manquer de le rappeler. *Note de l'éditeur.*